汎亞人力資源集團

PAN ASIA
HUMAN RESOURCES MANAGEMENT&CONSULTING CORP.
汎亞人力資源集團

印尼會話

沙都‧都哇 123

20年引進、管理專家精心力作

如何讓印尼籍人士立即融入本國文化?

您想快速讓女傭與雇主間能簡單輕鬆交談?

本書採用印尼當地的訓練教材,

可使印籍女傭立即掌握華語的聲調及發音,

另搭配CD教學、學習效果加倍。

印籍專業 講師錄製

配合CD 效果一級棒!

張隆裕◎編著

目錄
CONTENTS

● Part I 日常會話篇

● Part II　單字篇

◉ **Part III 女傭的故鄉：印尼**

序

　　國內近年來引進不少印尼籍女傭、監護工、印勞來台從事服務，更有許多印尼籍新娘嫁到台灣來，成為台灣的一份子。隨著兩國間經貿往來的密切，台灣人懂一點兒印尼語，加強與印尼籍人士的溝通，才不怕中間的翻譯問題，突破語言隔閡，才能解決溝通不良的困擾。然而，比起其他外勞國家，印尼籍女傭、監護工、印勞，來台大部份是從事勞動的服務，其中又以「家庭幫傭」的比例最高，而印傭在台灣家事服務的市場上，也較受國人歡迎，這原因包括：

　　1.印傭的個性與國情較適合一般台灣雇主的要求。

　　2.印傭在其國內的招募篩選過程與訓練較為紮實。

　　為了使印傭來台從事家事服務工作前，就備有基本溝通的應對能力，我們特別於印尼設立「外勞來台工作的訓練中心」，教導印尼女傭在語言、工作的技能，課程結束後，女傭才可來到台服務。為了繼續加強印傭與雇主家人間的語言溝通能力，使其儘速融入本國環境、風俗民情與文化……等，基於這個考量，我們特別將對

印籍幫傭有幫助的常用對話編纂成書，並且錄製語言教學光碟。除了提供外勞來熟悉台灣常用的華語及其拼音外，我們也提供出雇主可以利用的資料，如：「實際應用會話篇」、「字彙豐富單字篇」，可以讓雇主按類索引當作參考。

本書首次提供，印尼外勞在其國內最常使用的印尼式華語拼音資料，此種拼音是以印籍外勞最方便學習的為標準，如此一來，便能使印傭立即、迅速地看到拼音就能發出台灣所說的國語。又因為這是印傭所熟悉的拼寫方式，也能讓印傭用筆記的方法，記錄雇主的指令與工作任務。加上教學CD的重複學習，很快就能使外傭可以達到聽說讀寫的一般程度。(讀寫是指拼音而非漢字的讀寫)

希冀藉由此書的出版，能解決僱主與外勞間的語言溝通障礙，希望加強印傭與雇主間的勞僱關係，有效地提高印傭的工作效率。

為了加強學習效果，最好能搭配教學CD，學習正統道地的語言，有助於掌握發音技巧，加強聽說能力，反覆練習，讓主僱關係更加和協、愉快。

本　書　特　色

1. **立即性**－有助於來台工作的印傭，立即加強聽、說台灣國語的能力。
2. **實用性**－採用印尼當地實際訓練女傭的拼音方式標注國語，可以使女傭馬上就解決與雇主間的溝通問題。
3. **豐富性**－分類詳細的會話篇，可以讓雇主利用「一指神功」即用手指書籍文字來與女傭溝通。而單字篇裡面的豐富字彙，則可以提供給雇主查詢的用途。

聘僱外勞幫傭須知

　　僱用外傭都是經由優良的仲介公司引進台灣，所以有關必要的文件與手續，負責任的仲介公司業務都會幫雇主處理完備，雇主只需要讓仲介公司清楚知道所需求的外傭條件為何即可，然後盡量與仲介公司合作愉快，外傭就能很快的來台灣為雇主服務的。

　　當外傭入境後，同樣有仲介公司會幫雇主處理大部分的事情，但還是有些重要的注意事項是雇主要特別留意的。

就業安定費

　　台灣雇主於外傭入境之次日起，到外傭出境的前一日，應繳交就業安定費到勞委會的專戶。勞委會職訓局於外傭入境後，每年的一月、四月、七月、十月，寄送就業安定費的繳款單。繳款後的收據要妥善保存、備用。

　　外傭若是連續三日曠職失去聯繫，或聘僱關係終止之情事，經雇主依法陳報而廢止聘僱許可後，雇主則可以不必再繳納此項安定費。

　　依就業服務法規定雇主若未依規定期限繳納就業安定費，又於三十日寬限期滿後仍未繳納的話，會被罰繳滯納金。若是加徵滯納金後三十日，雇主仍未繳納，則雇主會被移送法院強制執行，並廢止聘僱許可。

　　此項繳款義務人為雇主，也不能藉口未收到繳款單而不繳，事關滯納金罰款或是廢止許可，所以要請雇主必須牢記要定期繳納。萬一有收不到繳款單的情況，雇主應到郵局自行劃撥繳款，並且詳細填妥計費期間，雇主身分證字號，勞委會核准函文號日期，繳款人代號於空白郵政劃撥單上，雇主可以先行將包括收款人寄款人等該填的資料抄寫下來，，也可以用上期繳款單收據來當參考。

全民健保費

　　雇主自外傭入境日開始，依規定要為其加保全民健康保險，直到到勞僱契約終止時。雇主應將雇主負擔的金額連同外傭應自行負擔的保險費，按照健保局每月所寄出的繳納單向金融機構繳納。

按期繳納健保費，可以使外傭無健康醫療的煩惱，能讓外

傭全心全意的來做好工作。如未依規定繳納，也會有滯納金的產生。

健康檢查

　　雇主若未依規定安排外傭接受健康檢查，或未依規定將健康檢查結果函報給衛生主管機關，經衛生主管機關通知辦理仍未辦理的話，將會被立即廢止許可，並罰款。關於外傭的身體檢查，一般仲介公司都會幫忙雇主安排去醫院的，雇主只要事前與仲介公司的業務聯絡安排妥當，仲介也會幫忙後續的函報檢查結果給衛生機關的。

代扣所得稅

　　家庭類外勞（含家庭外籍監護工及外籍幫傭）之雇主，未經外勞同意，不得擅自代為扣取所得稅款。而按照稅法規定計算所得稅額，外傭的薪水最後也可能繳不到稅，但是還是請雇主按外勞來台工作切結書中所同意的代扣所得稅條目，就按照勞工薪資明細表上的所有稅金額，每月代扣所得稅，並存放於外傭的帳戶內，等到每年度應申報

所得稅期間或是外傭離境的時候，當作申報繳稅的根據。

外傭薪資

外傭來台工作就會有張詳細的薪資表，列明了各種應付應收的款項，雇主最好按照此張薪資明細來發放薪水，並且可以利用此薪資明細表來提醒些應辦理事項，例如體檢，例如就業安定費，健保費等等。凡是外傭有拿到錢的數額，都要女傭親自簽名，以免日後產生糾紛。

地址變動

外傭的工作地點必須向勞委會及警察機關報備，雇主若是搬移住所，一定要提出經勞委會許可指派所聘僱外勞變更工作場所的核備許可。雇主也應該與仲介公司保持聯繫，遇到其他有聯絡電話，通訊地址的異動，就要主動通知代辦的仲介公司。

外傭的管理

各種國家的外傭來台工作，都會有不同的事情發生。

請雇主儘量保持與仲介公司的聯繫，多參考仲介公司所提
供的建議，也要善加利用仲介公司的翻譯等各項服務，這
樣子勞雇雙方就能合作愉快，相處融洽了。

用印尼字拼讀漢語

　　印尼近年來自從解禁華文後，為了與國際漢語拼音接軌，目前大專學院等，學習華語的方式與教材，大部份直接採用中國大陸的漢音拼音課程與簡體漢字。

　　但是，因為印籍勞工的教育程度與來台工作目的，並不太需要讀寫漢字，再者，目前國內也慢慢不分別捲舌不捲舌的發音，因此，我們認為提高印尼女傭聽講台灣國語最簡便的方式，即是利用印尼字來拼讀漢語即可。

　　以下則是用印尼文提醒女傭應該注意，台灣國語中音調的標注方式，以讓女傭在學習時候能熟記音調的異同，達到有效溝通的目的。

Cara Membacanya Dalam Bahasa Indonesia
Selain itu disertai cara membaca dalam bahasa Indonesia
Bahasa Mandarin 4 nada
4 nada pengucapan dalam Mandarin , yaitu
Nada 1 = tinggi merata , tandanya : ( )
Nada 2 = naik / meninggi , tandanya : (╱)
Nada 3 = ayun-rendah , tandanya : (ˇ)
Nada 4 = menurun , tandanya : (╲)

 # 印尼語簡介

印尼語的歷史由來

　　原本在南洋流通的語言是所謂的馬來語,幾百年來就以南洋一帶使用漢語的華僑而言,一向通稱這種語言為「巫語」。巫語這種語言的來源最早是以古印度梵語為本,而其次更大的影響為阿拉伯語,然後再參雜南洋各個群島上的地方土語,互相交混而成的。而這種馬來語言隨著古代的船運貿易,便沿著馬來半島、蘇門答臘、爪哇島,一直遠到西里伯群島,形成個強勢通用的溝通語言。

　　而關於此語言的書寫沿革:當時是有通行一種由阿拉伯豆芽體的書寫複雜文字,但是讀寫頗為不便,荷蘭人先將此種巫語改為西洋拉丁字母拼寫,並且由殖民政府頒佈此拉丁字體為正式的巫文,現代化的印尼文於焉開始成形。馬來聯邦政府於西元一九〇四年,也開始效法採用此種拼寫方式,初期此荷蘭式的印尼文多利用荷式拼音法,但隨著印尼馬來西亞的民族國家興起,更加上與國際上的英美國家的交往,就漸漸廢棄荷式的拼音方法,刻意改成英

語式的拼音方式。現在雖然在馬來西亞、新加坡、印尼，三個地方的語言拼寫用詞上面有些許的不同，但整體來說，經過如此的改良之後，印尼馬來語就成為種非常容易讀寫的語文，也成為東南亞南洋最為通行的語言了。

以前印尼國內民族眾多，各民族所使用的語言也是多到難以想像，往往翻過一個山頭換個族群，就使用著全然不同的語言，當時的探險家就得聘請數個當地翻譯，才能往來各地。女傭來源最多的爪哇島上的原始語言也是非常複雜的，還有分對長輩對平輩對晚輩的種種不同語言用法，就因為太過於複雜難懂，無法拿來當成印尼全境的國語，反而居住於蘇門答臘南部的馬來人較簡單易學的語言，慢慢才成了印尼目前境內的通用的語言。

近代因為傳播工具的流行，以及基本教育的通行，這種馬來印尼語才真正成為印尼國內可以通行的國語。馬來印尼語是東南亞最多人使用的語言，不僅是印尼與馬來西亞的官方語言，也是新加坡的四種官方語言之一，汶萊也明文制定為官方國語，這些總計起來就有兩億數千萬人使用馬來印尼文，可以說是個國際性的重要

語言，當東協組織慢慢加入世界的經濟圈後，屬於東協最大國家的印尼與印尼語都將會擴大它們對地球村的影響力。

想要立即感受這股力量嗎？就讓我們沙都！都哇！丁咖（即一！二！三！）開始來學習了解印尼語吧！

Part I 日常會話篇

| 課程名稱 | 工 作 表　Jadwal Kerja |

情境：外傭每天例行的工作內容

雇主說
Niˇ ciau` se´ me ming´ ci ?
妳叫什麼名字 ？
Nama kamu siapa ?

女傭說
Woˇ ciau` Si ti` .
我叫西蒂。
Nama saya Siti .

雇主說
Cin nian´ ciˇ suei` le ?
今年幾歲了 ？
Tahun ini kamu umur berapa ?

女傭說
San si´ .
三十．
Tiga puluh .

雇主說

Ce` se` ni˘ te suei` fang´ , ni˘ khe˘ yi˘ sien siu si´ , ming´ thien chai´ khai si˘ kung cuo` .

這是妳的睡房，妳可以先休息，明天才開始工作。

Ini kamar tidur kamu , kamu boleh istirahat dulu , besok baru mulai kerja.

雇主說

Ni˘ you˘ se´ me wen` thi´ tou khe˘ yi˘ wen` , pu´ yau` khe` chi` .

妳有什麼問題都可以問，不要客氣。

Kamu boleh bertanya , jangan sungkan .

女傭說

Thai` thai`,wo˘ siang˘ ce tau` wo˘ te kung cuo` fan` wei´ , hau˘ ma ?

太太，我想知道我的工作範圍，好嗎 ？

Nyonya , bolehkah saya tahu pekerjaan saya ?

雇主說

Hau˘ , ce` se` ni˘ te kung cuo` piau˘ .

好，這是妳的工作表。

Boleh , Ini jadwal kerja kamu .

女傭說
Thai` thai` ,woˇ siangˇ ce tau` woˇ te cauˇ fan`, uˇ fan`, wanˇ fan` se´ cien , kheˇ yiˇ ma ?
太太，我想知道我的早飯，午飯，晚飯時間，可以嗎？
Nyonya , bolehkah saya tahu waktu makan pagi , makan siang , dan makan malam ?

雇主說
Cauˇ fa` se´ cien se` chi tienˇ pan` , uˇ fan` se` cung uˇ se´ el` tienˇ, wanˇ fan` se` sia` uˇ liu` tienˇ.
早飯時間是七點半，午飯是中午十二點，晚飯是下午六點。
Waktu makan pagi jam tujuh lewat tiga puluh menit, makan siang jam duabelas dan makan malam jam enam sore.

女傭說
Chiˇ chuang´ se´ cien neˇ ?
起床時間呢？
Jam berapa bangun pagi ?

雇主說
Cauˇ sang` uˇ tienˇ chiˇ chuang´.
早上五點起床。
Pagi jam lima bangun .

女傭說
Youˇ uˇ siu maˇ ?
有午休嗎？
Apakah ada istirahat siang ?

雇主說
Youˇ , siaˋ uˇ yiˋ tienˇ tauˋ liangˇ tienˇ .
有，下午一點到兩點
Ada , jam satu sampai jam dua siang.

雇主說
Cauˇ sangˋ chiˇ chuangˊ niˇ cuoˋ seˊ me seˋ ?
早上起床妳做什麼事？
Pagi , Bangun tidur kamu kerja apa ?

雇主說
Si tiˋ , niˇ meiˇ thien uˇ tienˇ cung yauˋ chiˇ chuangˊ .
西蒂，妳每天五點鐘要起床。
Siti , kamu setiap hari bangun jam lima pagi.

雇主說
Chiˇ chuangˊ houˋ , yauˋ sien sua yaˊ siˇ lianˇ .
起床後，要先刷牙洗臉。
Setelah bangun , sikat gigi dan cuci muka terlebih dahulu .

雇主說

Mei˘ liang˘ san thien yau` si˘ thou´ i´ che` , thou´ fa˘ yau`
yung` chuei fung ci chuei kan .

每兩三天要洗頭一次，頭髮要用吹風機吹乾。

Setiap dua tiga hari sekali , harus cuci rambut , rambut
dikeringkan dengan hair dryer .

雇主說

Che wan´ cau˘ chan hou` , khai se˘ si˘ yi fu´ .

吃完早餐後，開始洗衣服。

Setelah makan pagi , mulai cuci baju .

雇主說

khe˘ yi˘ yung` si˘ yi ci si˘ te sien si˘ .

可以用洗衣機洗的先洗。

Cuci terlebih dahulu yang bisa dicuci dengan mesin cuci .

雇主說

Yi fu´ yung` sou˘ si˘ te sia` u˘ cai` si˘ .

衣服用手洗的下午再洗。

Yang dicuci dengan tangan siang nanti baru dicuci .

雇主說
Si˘ yi ci khai se˘ cuan˘ tung` hou`, ni˘ khai se˘ ceng˘ li˘ fang´ cien .
洗衣機開始轉動後，妳開始整理房間。
Saat mesin cuci sudah berjalan , mulai rapikan kamar.

雇主說
Sien ching li˘ khe` thing , ran´ hou` wo` se` , yi` se` , chu´ fang´ ci´ yang´ thai´.
先清理客廳，然後臥室，浴室，廚房及陽台。
Bereskan ruang tamu dulu , kemudian kamar , kamar mandi , dapur dan teras.

雇主說
Si˘ wan´ yi fu´ hou`, khai se˘ se˘ liang` yi .
洗完衣服後，開始晾衣服。
Setelah cuci baju , mulai jemur baju .

雇主說
Se´ yi tien˘ tuo , khai se˘ cun˘ pei` u˘ chan.
十一點多，開始準備午餐。
Jam sebelas lebih , mulai siapkan makan siang .

印尼會話123 ▶▶▶ 沙都‧都哇

雇主說

Cuˇ hauˇ uˇ chan , chingˇ a kung , a maˋ sien che fanˋ .

煮好午餐，請阿公，阿嬤先吃飯。

Selesai masak makan siang , kakek dan nenek makan terlebih dahulu.

雇主說

A kung , a maˋ che wanˊ fanˋ houˋ , niˇ kheˇ yiˇ che uˇ fanˋ .

阿公，阿嬤吃完飯後，妳可以吃午飯。

Kakek dan nenek selesai makan , kamu boleh makan .

雇主說

Che wanˊ uˇ fanˋ , niˇ yauˋ sou seˊ fanˋ chaiˋ ciˊ siˇ wanˇ khuaiˋ .

吃完午飯，妳要收拾飯菜及洗碗筷。

Selesai makan siang , kamu harus membereskan dan mencuci peralatan makan .

雇主說

Che kuoˋ uˇ fanˋ , siˇ wanˊ wanˇ khuaiˋ houˋ , niˇ kheˇ yiˇ siu siˊ yiˊ siaˋ .

吃過午飯，洗完碗筷後，妳可以休息一下。

Setelah makan siang, setelah selesai mencuci , kamu boleh beristirahat sebentar.

雇主說
Ta` ye yi` tien˘ pan`, cai` cuo` chi´ tha ching cie´ kung cuo`.
大約一點半，再做其他清潔工作。
Kira-kira setengah dua , mulai kerja bersih-bersih yang lain .

雇主說
Yi` se` ching si˘ kan cing` hou`, ti` pan˘ yau` cha kan.
浴室清洗乾淨後，地板要擦乾。
Kamar mandi setelah bersih , lantainya juga di lap kering.

雇主說
Ni˘ yau` ching ching te sau˘ wan´ ti` hou`, cai` yung` mo˘ pu`
cha ti` pan˘.
妳要輕輕的掃完地後，再用抹布擦地板。
Setelah di sapu , lantai baru di pel dengan kain.

雇主說
Ti` than˘ mei˘ thien yau` yung` si chen´ chi` ching cie´.
地毯每天要用吸塵器清潔。
Setiap hari karpet harus dibersihkan dengan mesin penyedot
debu.

雇主說
Sa fa ken cuo yiˇ yau` yung` se pu` cha.
沙發跟桌椅要用濕布擦。
Sofa dengan meja kursi di lap dengan kain basah.

雇主說
Sia` uˇ se` tienˇ, yau` chi` sie´ siau` cie siauˇ hai´ huei´ cia.
下午四點，要去學校接小孩回家。
Jam 4 sore , pergi jemput anak pulang sekolah.

雇主說
Siauˇ hai´ huei´ tau` cia, yau` sien siˇ cauˇ.
小孩回到家，要先洗澡。
Anak sampai dirumah , mandikan terlebih dahulu.

雇主說
Uˇ tienˇ tuo, yau` paˇ liang` kan te yi fu´ sou huei´ lai´.
五點多，要把晾乾的衣服收回來。
Jam lima lebih , angkat baju yang sedang dijemur.

雇主說
Ran´ hou`, niˇ kheˇ yiˇ khai seˇ cunˇ pei` wanˇ chan.
然後，妳可以開始準備晚餐。
Kemudian , kamu boleh mulai siapkan makan malam.

雇主說

Che wan´ fan`, sou se´ wanˇ phan´ hou` sien paˇ cuo ci cha kan cing`.

吃完飯，收拾碗盤後先把桌子擦乾淨。

Sehabis makan, bereskan peralatan terlebih dahulu, kemudian lap meja yang bersih.

雇主說

Ran´ hou`, ciu` cunˇ pei` thang` yi fu´.

然後，就準備燙衣服。

Kemudian , setrika pakaian.

雇主說

Ru´ kuoˇ mei´ youˇ fangˇ khe`, niˇ se´ tienˇ tuo ciu` kheˇ yiˇ siu si´ le.

如果沒有訪客，妳十點多就可以休息了。

Kalau tidak ada tamu, jam sepuluh kamu boleh beristirahat.

課程名稱 早上起床後 **Pagi Setelah Bangun Tidur**

情境：雇主交代外傭起床後的
工作內容

雇主說

Chiˇ chuang´ hou`, niˇ yau` sua ya´, siˇ lianˇ, su thou´,
起床後，妳要刷牙，洗臉，梳頭，
Setelah bangun tidur , sikat gigi , cuci muka , sisir
rambut ,

雇主說

Huan` sang` kan cing` te yi fu´ kung cuo`, niˇ ce tau` ma ?
換上乾淨的衣服工作，妳知道嗎？
Ganti baju untuk bekerja , apakah kamu tahu ?

女傭說

Thai` thai`, woˇ wang` ci` dai` mau´ cin lai´ le,
太太，我忘記帶毛巾來了，
Nyonya , saya lupa membawa handuk ,

女傭說
Ching´ nin˘ pang wo˘ mai˘ hau˘ ma ?
請您幫我買好嗎?
Bolehkah bantu saya beli ?

雇主說
Hai´ chie se´ me ma ?
還缺什麼嗎?
Masih kurang apa lagi ?

女傭說
Mei´ you˘ le, sie` sie` .
沒有了,謝謝。
Tidak ada , terima kasih .

雇主說
Si ti` , cau˘ chan cun˘ pei` hau˘ le ma ?
西蒂,早餐準備好了嗎?
Siti, kamu sudah buat sarapan ?

女傭說
Cun˘ pei` hau˘ le, thai` thai` .
準備好了,太太。
Sudah siap , Nyonya .

雇主說
Siauˇ haiˊ ce cauˇ sang` che seˊ me？
小孩子早上吃什麼？
Anak-anak sarapan apa？

女傭說
Youˇ niuˇ naiˇ, kuoˇ ce, thuˇ she, mien` pau, cien tan` ciˊ siang changˊ.
有牛奶，果汁，土司，麵包，煎蛋及香腸。
Ada susu, Jus, Roti, kue, telor goreng dan sosis.

雇主說
Si ti`, a kung, a ma` te si fan` cunˇ pei` hauˇ le ma？
西蒂，阿公，阿嬤的稀飯準備好了嗎？
Siti, kakek, nenek punya bubur mana？

女傭說
Si fan` cuˇ hauˇ le.
稀飯煮好了。
Bubur sudah selesai dimasak.

雇主說
Youˇ seˊ me chai` ne？
有什麼菜呢？
Ada sayur apa？

女傭說
Youˇ cien tan`, rou` sung , ciˊ ciang` kua .
有煎蛋，肉鬆，及醬瓜。
Ada telor goreng , abon , dan timun .

雇主說
Niˇ te cauˇ chan ne？mien` pau kou` puˊ kou`？
妳的早餐呢？麵包夠不夠？
Mana makan pagi kamu？roti cukup tidak？

女傭說
Mien` pau haiˊ kou` .
麵包還夠
Roti masih cukup.

雇主說
Ruˊ kuoˇ meiˊ youˇ mien` pau , niˇ yeˇ kheˇ yiˇ che fan` .
如果沒有麵包，妳也可以吃飯。
Kalau tidak ada roti , kamu juga boleh makan nasi.

女傭說
Sie` sie`, thai` thai`, wo˘ ce tau` le .
謝謝，太太，我知道了。
Terima kasih nyonya , saya tahu .

女傭說
Thai` thai`, ching˘ wen` ming´ thien se` cu˘ cau˘ chan , hai´
se` mai˘ cau˘ chan ?
太太，請問明天是煮早餐，還是買早餐？
Nyonya , besok mau buat sarapan pagi atau beli sarapan
pagi ?

雇主說
Mai˘ cau˘ tien.
買早點。
Beli sarapan pagi.

女傭說
Mai˘ se´ me ?
買什麼？
Beli apa ?

雇主說

Mai˘ toucciang , man´ thou´, you´ thiau´, san ming´ ce`, pau ce, Han` mien` pau.

買豆漿，饅頭，油條，三明治，包子和麵包。

Beli susu kacang , man thou , cakuwe , sandwich , bakpao dan roti.

女傭說

Hai´ yau` mai˘ se´ me ?

還要買什麼？

Masih mau beli apa lagi ?

雇主說

Mei´ you˘ le .

沒有了。

Tidak ada .

雇主說

Ce` se` mai˘ cau˘ chan chien´, yau` cau˘ chien´ huei´ lai´.

這是買早餐錢，要找錢回來。

Ini uang untuk beli makanan pagi , ada uang kembalian .

女傭說

Wo ce tau` le.

我知道了。

baik .

情境：雇主交代外傭午飯的工
作內容及教導外傭做晚飯

雇主說
Si ti`, se´ yi tien˘ yau` cu˘ u˘ fan`!
西蒂，十一點要煮午飯！
Siti , jam sebelas mau masak buat makan siang !

雇主說
Cin thien u˘ fan` cu˘ se´ me chai`?
今天午飯煮什麼菜？
Hari ini makan siang masak sayur apa ?

女傭說
Cin thien u˘ fan` you˘ cian yi´, chau˘ ching chai`, cai` cia yi´ tau` thang.
今天午飯有煎魚，炒青菜，再加一道湯。
Hari ini ada ikan goreng , sayur , ditambah 1 sop.

38

雇主說
Cung uˇ ceˇ youˇ a kung , a maˋ ken niˇ caiˋ cia liˇ che.
中午只有阿公，阿嬤跟妳在家裡吃。
Siang hari hanya ada kakek , nenek dan kamu yang dirumah makan siang .

雇主說
Che wan´ uˇ fanˋ , chie sueiˇ kuoˇ keiˇ a kung , a maˋ che.
吃完午飯，切水果給阿公，阿嬤吃。
Selesai makan, potong buah-buahan buat kakek , nenek.

雇主說
Siaˋ uˇ seˋ tienˇ tuo siauˇ hai´ huei´ cia houˋ ,
下午四點多小孩回家後，
Sore jam 4 setelah anak pulang,

雇主說
kheˇ yiˇ keiˇ tha men che tienˇ sin.
可以給他們吃點心。
Boleh berikan mereka makanan ringan.

雇主說
Cung uˇ che mienˋ ciuˋ kheˇ yiˇ le .
中午吃麵就可以了。
Siang hari makan bakmi juga boleh .

印尼會話123
▶▶▶ 沙都・都哇

雇主說
Si ti`, ni˘ huei` pu´ huei` cu˘ Thai´ Wan chai`?
西蒂，妳會不會煮台灣菜？
Siti , apakah kamu bisa masak masakan taiwan ?

女傭說
Wo˘ huei` yi` tien˘ tien˘ , thai` thai` .
我會一點點，太太。
Saya bisa sedikit-sedikit , nyonya .

雇主說
Ni˘ huei` pu´ huei` cien tan`?
妳會不會煎蛋？
Apakah kamu bisa menggoreng telor ?

女傭說
Huei` te, wo˘ huei` cien tan` .
會的，我會煎蛋。
Bisa , Saya bisa menggoreng telor .

雇主說
Ni˘ huei` pu´ huei` chau˘ khung sin chai`?
妳會不會炒空心菜？
Apakah kamu bisa mentumis kangkung ?

女傭說
Tuei` pu` chi˘, wo˘ pu´ huei` chau˘ khung sin chai`.
對不起，我不會炒空心菜。
Maaf , saya tidak bisa mentumis kangkung.

雇主說
Lai´ , wo˘ lai´ ciau ni˘ chau˘ chai`.
來，我來教妳炒菜。
Mari , saya ajari kamu mentumis sayur.

雇主說
Ni˘ cai` phang´ pien khan` wo˘ cu˘.
妳在旁邊看我煮。
Kamu melihat saya masak dari samping .

雇主說
Wo˘ lai´ ciau ni˘ cu˘ sie Thai´ Wan cia chang´ chai`.
我來教你煮些台灣家常菜。
Saya ajari kamu masak masakan taiwan.

雇主說
Sou˘ sien yau` pa˘ ping siang li˘ te yi´ ken rou` na´ chu lai´ thuei` ping.
首先要把冰箱裡的魚跟肉拿出來退冰。
Keluarkan dahulu daging dan ikan dari dalam kulkas.

雇主說
Su chai` yau` sien phau` cai` suei˘ li˘ el` se´ fen cung, cai`
yung` suei˘ chung si˘.
蔬菜要先泡在水裡二十分鐘，再用水沖洗。
Rendam terlebih dahulu sayur didalam air selama 20 menit ,
baru dicuci dengan air .

雇主說
Ce` yang` ci chai´ khe˘ yi˘ chu´ tiau` nung´ yau`.
這樣子才可以除掉農藥。
Dengan demikian bisa menghilangkan pupuk yang ada
dalam sayuran.

雇主說
Chie chai` te se´ hou`, ta` siau˘ yau` kang hau˘.
切菜的時候，大小要剛好。
Saat memotong sayur, besar kecil harus sama.

雇主說
Yi pan se` sien cu˘ rou`, thang ye˘ khe˘ yi˘ sien cu˘.
一般是先煮肉，湯也可以先煮。
Biasanya daging dimasak terlebih dahulu, sop boleh dimasak dulu.

雇主說
Cai` lai´ se` cu˘ yi´ huo` se` cien yi´, huo` se` cu˘ tou` fu˘.
再來是煮魚或是煎魚，或是煮豆腐。
Kemudian baru masak ikan atau goreng ikan , atau masak tahu.

雇主說
Thang cu˘ hau˘ hou`, yung` kai` ce kai` cu`, yi˘ pien` pau˘ wen.
湯煮好後，用蓋子蓋住，以便保溫。
Setelah sop matang , tutup panci , agar tetap panas.

雇主說
Rou`, yi´, ching chai` cu˘ hau˘ hou`, yau` sien yung` phan´
ce kai` hau˘.
肉，魚，青菜煮好後，要先用盤子蓋好。
Tutup terlebih dahulu , daging , ikan dan sayur yang sudah
matang .

雇主說
Fan` cu˘ hau˘ hou`, ci` te´ yi´ ting` yau` kuan tiau` wa˘ se lu´
ci` wa˘ se khai kuan.
飯煮好後，記得一定要關掉瓦斯爐及瓦斯開關。
Setelah selesai masak nasi , harus ingat matikan gas dan
kompor.

| 課程名稱 | 飯廳上 Ruang Makan |

情境：飯桌上的雇主外傭對話

雇主說

khai fan` chien´ niˇ yau` sien cunˇ pei` hauˇ meiˇ ke ren´ te wanˇ khuai`.

開飯前，妳要先準備好每個人的碗筷。

Sebelum mulai makan , siapkan terlebih dahulu piring masing-masing.

雇主說

Fan` cuˇ hauˇ hou`, sien chingˇ ku` cuˇ ci´ cia ren´ lai´ che fan`.

飯煮好後，先請雇主及家人來吃飯。

Setelah selesai masak, persilahkan majikan dan keluarga untuk makan.

雇主說

Niˇ yeˇ kheˇ yiˇ yung` yi´ ke ta` phan´ ce cuang hauˇ niˇ te fan` chai`.

妳也可以用一個大盤子裝好妳的飯菜。

Kamu boleh mengambil dulu nasi dan sayur dalam piring .

雇主說
Pang woˇ naˊ ke wanˇ laiˊ.
幫我拿個碗來。
Tolong ambilkan mangkuk kemari.

女傭說
Thaiˋ thaiˋ , Ninˊ yauˋ taˋ wanˇ haiˊ seˋ siauˇ wanˇ ?
太太，您要大碗還是小碗？
Nyonya , mau mangkok besar atau yang kecil ?

雇主說
Pang woˇ sengˋ tienˇ fanˋ laiˊ.
幫我盛點飯來。
Tolong ambilkan saya nasi sedikit.

雇主說
Puˊ yauˋ thaiˋ tuo , Panˋ wanˇ ciuˋ kouˋ le .
不要太多，半碗就夠了。
Jangan terlalu banyak , setengah mangkok saja cukup.

雇主說
Haiˊ youˇ thang ma ?
還有湯嗎？
Apakah masih ada sop ?

雇主說
Pang woˇ taˇ tienˇ thang laiˊ.
幫我打點湯來。
Tolong ambilkan saya sop sedikit.

雇主說
Kuoˋ laiˊ khanˋ, ceˋ wanˇ siˇ puˋ kan cingˋ, naˊ chiˋ huanˋ yiˊ ke .
過來看，這碗洗不乾淨，拿去換一個。
Lihat kemari, mangkok ini dicuci tidak bersih , ganti mangkok yang baru.

雇主說
Pang woˇ naˊ suang khuaiˋ ce laiˊ.
幫我拿雙筷子來。
Tolong ambilkan sepasang sumpit kemari.

雇主說
Ceˋ khuaiˋ ce thaiˋ cang le . Naˊ chiˋ huanˋ yi suang.
這筷子太髒了，拿去換一雙。
Sumpit ini terlalu kotor , tukar dengan yang bersih.

雇主說
Wo che pauˇ le. Niˇ kheˇ yiˇ sou chan wanˇ le .
我吃飽了，妳可以收餐碗了。
Saya sudah kenyang , kamu boleh bereskan peralatan.

食物煮菜 Makanan , Masak Sayur

情境：交代外傭買食物煮食物
　　　注意事項

會 話 A

雇主說
Cuˇ chaì seˊ puˋ kheˇ yiˇ rangˋ siauˇ haiˊ cinˋ chìˋ chuˊ fangˊ .
煮菜時不可以讓小孩進去廚房。
Waktu masak sayur , tidak boleh biarkan anak kecil masuk
ke dapur .

雇主說
Cuˇ chaì hoùˋ chuˊ fangˊ yaùˋ maˇ sangˋ cengˇ liˇ kan cingˋ .
煮菜後廚房要馬上整理乾淨。
Setelah masak sayur dapur harus langsung dibereskan yang
bersih .

雇主說
Wanˇ phan´ he´ khuai` ce yau` siˇ kan cing` , pu´ kheˇ fang` thai` tuo ching cie´ ci` .
碗盤和筷子要洗乾淨，不可放太多清潔劑。
Mangkok piring dan sumpit harus dicuci bersih , tidak boleh taruh terlalu banyak cairan pembersih .

雇主說
Sien siˇ pei ce cai` siˇ wanˇ khuai` .
先洗杯子再洗碗筷。
Cuci gelas dahulu baru cuci mangkok sumpit .

雇主說
Che fan` se´ yau` ciau` ta` cia che fan` .
吃飯時要叫大家吃飯。
Waktu makan harus panggil semua orang makan .

雇主說
Che fan` hou` , fan` cuo yau` maˇ sang` sou se´ kan cing` .
吃飯後，飯桌要馬上收拾乾淨。
Setelah makan , meja makan harus segera dibereskan yang bersih .

雇主說
Cuˇ chaiˋ houˋ , waˇ se luˊ yauˋ cha , chuˊ fangˊ yeˇ yauˋ cengˇ liˇ kan cingˋ .
煮菜後，瓦斯爐要擦，廚房也要整理乾淨。
Setelah masak , kompor gas harus dilap , dapur juga harus dibereskan yang bersih .

雇主說
Fanˋ chaiˋ liangˊ le , paˇ fanˋ chaiˋ reˋ yiˊ reˋ .
飯菜涼了，把飯菜熱一熱。
Nasi dan sayur sudah dingin , panaskan nasi dan sayur sebentar .

雇主說
Senˋ siaˋ chaiˋ yungˋ pauˇ sien moˊ pau chiˇ laiˊ fangˋ ruˋ ping siang .
剩下菜用保鮮膜包起來放入冰箱。
Sisa sayur harus dibungkus pakai plastik pembungkus makanan , masukkan ke kulkas .

雇主說
Cuˇ fanˋ huoˋ seˋ cuˇ chaiˋ puˊ kheˇ yiˇ cuˇ thaiˋ ingˋ
煮飯或是煮菜不可以煮太硬。
Masak nasi atau masak sayur tidak boleh masak terlalu keras .

雇主說
Ru´ kuoˇ fan` pu´ kou`, sia` che` yau` tuo cuˇ yi` tienˇ.
如果飯不夠，下次要多煮一點。
Kalau nasi tidak cukup , lain kali harus masak banyakan sedikit .

雇主說
Ci` te´, chai` ca pu´ kheˇ yiˇ tau` cai` sueiˇ kuanˇ liˇ, yau` tau` cai` le` se` thungˇ.
記得，菜渣不可以倒在水管裡，要倒在垃圾筒。
Ingat , sampah sayur tidak boleh dibuang ke dalam pipa air , harus dibuang ke tong sampah .

雇主說
Ciu` te chai` sien na´ chu lai´ cuˇ, sin te chai` yau` ping chiˇ lai´.
舊的菜先拿出來煮，新的菜要冰起來。
Sayur yang lama dimasak terlebih dahulu , sayur yang baru dimasukkan ke kulkas .

雇主說
Chai` ru´ kuoˇ pu` sin sien ciu` yau` tiu tiau`.
菜如果不新鮮就要丟掉。
Sayur kalau tidak segar , harus dibuang .

雇主說
Sen` fan` yau` ling` wai` cheng` chi˘ lai´, cai` si˘ mi˘.
剩飯要另外盛起來，再洗米。
Sisa nasi harus diangkat terlebih dahulu baru cuci beras .

雇主說
Sen` fan` yau` re` yi´ sia` chai´ che .
剩飯要熱一下才吃。
Sisa nasi harus dipanasi dahulu baru dimakan .

雇主說
Cu˘ ku˘ thou´ yi˘ chien´ sien yung` re` suei˘ thang` yi´ sia` .
煮骨頭以前先用熱水燙一下。
Sebelum masak tulang , pakai air panas panasi sebentar .

雇主說
Cu˘ chai` huo` se` cu˘ thang pu´ yau` fang` thai` tuo yen´ he ´wei` cing .
煮菜或是煮湯不要放太多鹽和味精。
Masak sayur atau masak kuah jangan taruh terlalu banyak garam dan micin .

雇主說
Paˇ cuoˊ thien te chaiˋ naˊ chiˋ reˋ yiˊ reˋ , ciuˋ kheˇ yiˇ le .
把昨天的菜拿去熱一熱，就可以了。
Sayur kemarin dipanaskan sebentar , sudah boleh .

會 話 B

女傭說
Thaiˋ thaiˋ ciau taiˋ woˇ , mingˊ thien cung uˇ tha puˋ hueiˊ lai ˊ che uˇ chan .
太太交代我，明天中午他不回來吃午餐。
Nyonya pesan saya , besok siang dia tidak pulang makan siang .

女傭說
Thaiˋ thaiˋ , mingˊ tien yauˋ che seˊ me cauˇ chan ?
太太，明天要吃什麼早餐？
Nyonya , besok mau makan sarapan apa ?

雇主說
A maˋ mingˊ thien cauˇ sangˋ yauˋ che si fanˋ heˊ siauˇ chai .
阿嬤明天早上要吃稀飯和小菜。
Nenek besok pagi mau makan bubur dan sayur sederhana .

雇主說
Niˇ siˇ huan che si fanˋ ma ?
妳喜歡吃稀飯嗎？
Apakah kamu suka makan bubur ?

雇主說
Niˇ youˇ meiˇ youˇ che cu rouˋ ?
妳有沒有吃豬肉？
Kamu ada makan daging babi tidak ?

雇主說
Niˇ hueiˋ cen yiˊ ma ?
妳會蒸魚嗎？
Apakah kamu bisa stim ikan ?

雇主說
Kuoˇ ce ci niˇ hueiˋ yungˋ ma ?
果汁機妳會用嗎？
Apakah kamu bisa pakai alat bikin jus ?

 會 話 C ···

53

印尼會話 123

▶▶▶ 沙都‧都哇

女傭說
Cin thien cung uˇ yau` cunˇ pei` se´ me chai`？
今天中午要準備什麼菜？
Siang hari ini mau siapkan sayur apa？

雇主說
Paˇ chai` yung` wei´ po lu´ re` yi´ sia`.
把菜用微波爐熱一下。
Sayur dipanaskan sebentar dengan microwave .

雇主說
Yung` khauˇ mien` pau ci khauˇ mien` pau，niˇ huei` pu´
huei`？
用烤麵包機烤麵包，妳會不會？
Bakar roti dengan mesin pembakar roti，apakah kamu bisa
pakai？

雇主說
Cuˇ fan` yau` yung` tien` kuo，niˇ huei` yung` ma？
煮飯要用電鍋，妳會用嗎？
Masak nasi mau pakai rice cooker，apakah kamu bisa pakai？

54

雇主說
Maˇ lingˊ suˇ yauˋ chie khuaiˋ , ciang yauˋ chie siˋ se .
馬鈴薯要切塊，薑要切細絲。
Kentang ini mau dipotong kotak , jahe mau dipotong tipis halus .

雇主說
Cuˇ chaiˋ houˋ waˇ se luˊ heˊ chou youˊ yen ci yauˋ cha kan cingˋ .
煮菜後瓦斯爐和抽油煙機要擦乾淨。
Setelah masak sayur kompor gas dan penyedot asap masak harus dilap yang bersih .

雇主說
Chuˊ fanˊ yeˇ yauˋ cengˇ liˇ kan cingˋ .
廚房也要整理乾淨。
Dapur juga harus dibereskan yang bersih .

雇主說
Puˊ yauˋ nungˋ te tauˋ chuˋ youˊ niˋ niˋ .
不要弄的到處油膩膩。
Jangan sampai banyak minyak dimana-mana .

雇主說

Chou you´ yen ci te you´ wang˘ yau` huan` le .

抽油煙機的油網要換了。

Saringan penyedot asap sudah harus diganti .

雇主說

Thang ru´ kuo˘ yi` chu lai´ wa˘ se lu´ yau` ma˘ sang` cha .

湯如果溢出來瓦斯爐要馬上擦。

Jikalau kuah tumpah , kompor gas harus cepat dilap bersih .

雇主說

Cen pan˘ si˘ hou` yau` liang` kan .

砧板洗後要晾乾。

Talenan sesudah dicuci harus dijemur .

課程名稱　**喝咖啡，喝茶　Minum Kopi , Teh**

情境：外傭替雇主準備飲料時的會話

 **會 話 A** ....

女傭說
Siauˇ cieˇ , ninˊ yau` he seˊ me ?
小姐，您要喝什麼？
Nona, kamu mau minum apa ?

雇主說
Keiˇ woˇ yi` pei kha fei
給我一杯咖啡。
Beri saya 1 gelas kopi.

女傭說
Chingˇ wen` ninˊ he nungˊ te haiˊ se` tan` te ?
請問您喝濃的還是淡的？
Kamu mau minum yang kental atau yang tawar ?

女傭說
Cia niu´ nai˘ ma？
加牛奶嗎？
Apakah tambah susu？

雇主說
Cia yi` tien˘ tien˘.
加一點點。
Tambah sedikit .

女傭說
Cia kha fei fen˘ ma？
加咖啡粉嗎？
Tambah kopi bubuk tidak？

雇主說
Siau˘ cie˘ wo˘ thing pu` tung˘, ching˘ ni´ suo man` yi` tien˘
小姐我聽不懂，請妳說慢一點。
Nona , saya tidak mengerti , tolong anda bicara pelan
sedikit .

 會 話 B ······················

58

女傭說
Thai` thai`, nin´ he se´ me ?
太太，您喝什麼？
Nyonya , kamu mau minum apa ?

雇主說
Yi` pei re` cha´ .
一杯熱茶。
1 gelas teh panas.

女傭說
Yau` nung´ cha´ hai´ se` tan` cha´ ?
要濃茶還是淡茶？
Mau teh yang kental atau teh yang tawar ?

雇主說
Tan` cha´ .
淡茶。
Teh tawar

雇主說
Mei´ you˘ khai suei˘ le . khuai` chi` cu˘ .
沒有開水了，快去煮。
Tidak ada air , cepat masak lagi .

印尼會話123
▶▶▶ 沙都 · 都哇

女傭說
Sien seng , nin´ yau` pu´ yau` he cha´ ?
先生，您要不要喝茶？
Tuan, kamu mau minum teh ?

雇主說
Yau` , kei˘ wo˘ yi` pei cha´.
要，給我一杯茶。
Mau , beri saya 1 gelas teh.

女傭說
Sien seng , nin´ yau` pu´ yau` he kha fei ne ?
先生，您要不要喝咖啡呢？
Tuan , apakah kamu mau minum kopi ?

女傭說
Sien seng , nin´ yau` pu´ yau` sian` cai` yung` chan ?
先生，您要不要現在用餐？
Tuan, mau makan sekarang ?

雇主說
Pu´ yau` , sie` sie` , wo˘ teng˘ yi´ sia` cai` yung` chan .
不要，謝謝，我等一下再用餐
Tidak mau , terima kasih , sebentar lagi baru makan.

會 話 C

女傭說
Thai` thai`, ching˘ he ping suei˘.
太太，請喝冰水。
Nyonya , silahkan minum air dingin .

雇主說
Wo˘ pu´ yau` ping suei˘, kei˘ wo˘ huan` pei kuo˘ ce .
我不要冰水，給我換杯果汁。
Saya tidak mau air dingin, berikan saya jus.

女傭說
Nin´ yau` he se´ me kuo˘ ce ?
您要喝什麼果汁？
Mau minum jus apa ?

雇主說
Liu˘ cheng´ ce.
柳橙汁
jus jeruk.

女傭說
Tuei` pu` chiˇ , liuˇ cheng´ ce mei´ youˇ le.
對不起，柳橙汁沒有了。
Maaf , jus jeruk sudah habis.

雇主說
Ye ceˇ sueiˇ yeˇ kheˇ yiˇ .
椰子水也可以。
Air kelapa juga boleh.

女傭說
Ye ceˇ sueiˇ yeˇ mei´ youˇ le.
椰子水也沒有了。
Air kelapa juga tidak ada.

雇主說
Woˇ cuo´ thien chai´ maiˇ kuoˇ ce huei´ lai´ , ceˇ me
huei´ mei´ youˇ ?
我昨天才買果汁回來，怎麼會沒有？
Baru kemaren saya beli jus , mengapa bisa tidak ada ?

女傭說
Thai` thai`, wo˘ he le.
太太，我喝了。
Nyonya , sudah saya minum .

雇主說
Tou he wan´ le ma ?
都喝完了嗎？
Semuanya diminum habis ?

女傭說
Se`.
是。
Iya.

雇主說
Tung si, wo˘ mei´ you˘ ciau` ni˘ che, ni˘ pu` khe˘ yi˘ che.
東西，我沒有叫妳吃，妳不可以吃。
Barang yang tidak saya suruh makan , kamu tidak boleh makan.

女傭說
Wo ci` cu` le.
我記住了。
Ingat .

課程名稱	水 果 Buah-buahan

情境：雇主交代外傭招待客人水果
以及去買水果

 會 話 A ·······································

雇主說

Youˇ kheˋ renˊ laiˊ seˊ, yauˋ cuˇ tungˋ tauˋ chaˊ keiˇ kheˋ renˊ he.

有客人來時，要主動倒茶給客人喝。

Waktu ada tamu datang , harus inisitatif tuang teh kasih tamu minum .

雇主說

Tueiˋ hkeˋ renˊ yauˋ youˇ liˇ mauˋ .

對客人要有禮貌。

Terhadap tamu harus sopan .

雇主說

Youˇ kheˋ renˊ laiˊ , yauˋ ken kheˋ renˊ tienˇ tienˇ thou cau fu kheˋ renˊ .

有客人，要跟客人點點頭招呼客人。

Ada tamu datang , harus mengangguk-anggukkan kepala kepada tamu , menyapa tamu .

雇主說
Ching˘ khe` ren´ cin` lai´ , na´ thuo sie´ kei˘ khe` ren´ chuan .
請客人進來，拿拖鞋給客人穿。
Persilahkan tamu masuk , ambil sandal kasih tamu pakai .

雇主說
Tuan cha´ kei˘ khe` ren´ he , ching˘ khe` ren´ he cha´ .
端茶給客人喝，請客人喝茶。
Menyuguhkan teh kasih tamu minum , persilahkan tamu minum .

雇主說
Cin thien you˘ khe` ren´ lai´ , fan` chai` yau` cu˘ tuo yi tien˘ .
今天有客人來，飯菜要煮多一點。
Hari ini ada tamu datang , nasi dan sayur harus masak banyakan sedikit .

雇主說
Na´ suei˘ kuo˘ kei˘ khe` ren´ che.
拿水果給客人吃。
Ambil buah-buahan untuk tamu .

女傭說
Na´ se´ me ?
拿什麼
Ambil apa ?

雇主說
Siang ciau , phing´ kuoˇ .
香蕉，蘋果。
Pisang , apel .

女傭說
Phing´ kuoˇ yau` pu´ yau` siau phi´ ?
蘋果要不要削皮 ?
Apel mau dipotong kulitnya ?

雇主說
Pu´ yung`, siˇ kan cing` ciu` kheˇ yiˇ. Hai´ youˇ sueiˇ kuoˇ ma ?
不用，洗乾淨就可以。還有水果嗎 ?
Tidak usah, dicuci yang bersih. Masih ada buah-buahan ?

雇主說
Chi` khan` khan` ping siang liˇ youˇ mei´ youˇ ?
去看看冰箱裡有沒有 ?
Lihat dikulkas ada atau tidak ?

女傭說
Hai´ you˘ yi` tien˘ mang´ kuo˘ .
還有一點芒果。
Masih ada sedikit mangga .

雇主說
Pa˘ ce` sie suei˘ kuo˘ fang` cin` ping siang li˘ .
把這些水果放進冰箱裡。
Masukkan buah-buahan ini kedalam kulkas.

女傭說
Pu´ yung` si˘ ma ?
不用洗嗎？
Apakah tidak perlu dicuci ?

雇主說
Yau` si˘ kan cing` .
要洗乾淨。
Cuci yang bersih.

雇主說
Ce` sie kei˘ ni˘ che .
這些給妳吃。
Ini semua buat kamu .

 會 話 B

雇主說
Chiˋ maiˇ san kung cin chauˇ meiˊ hueiˊ laiˊ.
去買三公斤草莓回來。
Beli 3 kilogram strawbery .

女傭說
Tuo sauˇ khuaiˋ chienˊ yiˋ kung cin ne？
多少塊錢一公斤呢？
Satu kilonya berapa ?

雇主說
Taˋ kaiˋ yiˋ paiˇ uˇ seˊ khuaiˋ chienˊ.
大概一百五十塊錢。
Kira-kira seratus lima puluh .

女傭說
Ruˊ kuoˇ liangˇ paiˇ khuaiˋ chienˊ yiˋ kung cin yauˋ maiˇ
ma？
如果兩百塊錢一公斤要買嗎？
Kalau satu kilonya 200 juga mau beli ?

雇主說
Thai` kuei` le , ni˘ ciu` pu´ yung` mai˘ .
太貴了，妳就不用買。
Kalau terlalu mahal, kamu tidak usah beli .

女傭說
Yau` mai˘ pie´ te ma ?
要買別的嗎？
Apakah mau beli yang lain ?

雇主說
Ni˘ khan` khan` , ru´ kuo˘ siang ciau pu´ kuei` ciu` mai˘
yi` sie huei´ lai´ .
妳看看，如果香蕉不貴就買一些回來。
Kamu lihat-lihat, kalau pisang tidak mahal belilah sedikit .

課程名稱 客 廳 **Ruang Tamu**

情境：家裡客廳裡的會話以及
外傭招呼客人

會 話 A

雇主說
Paˇ tien` se` ci te seng yin kuan siauˇ yi` tienˇ.
把電視機的聲音關小一點。
Suara TV dikecilkan sedikit .

女傭說
Ce` yang` khe ˇ yi ˇ ma ?
這樣可以嗎？
Segini boleh ?

雇主說
Cai` siau ˇ seng yi` tien ˇ.
再小聲一點。
Kecil sedikit lagi.

雇主說
Cai` ta` seng yi` tienˇ.
再大聲一點。
Besar sedikit .

雇主說
Pang woˇ an` ti` san thai´.
幫我按第三台。
Bantu saya pencet chanel 3 .

女傭說
Ce` ke` phing´ tau` ma ?
這個頻道嗎？
Apakah yang ini ?

雇主說
Youˇ ren´ an` men´ ling´ , pu` kheˇ yiˇ suei´ pien` khai men´ .
有人按門鈴，不可以隨便開門。
Ada orang pencet bel , tidak boleh sembarangan buka pintu .

 會 話 B

71

印尼會話 1 2 3
▶▶▶ 沙都·都哇

女傭說
Ching˘ wen` , nin´ cau˘ suei´ ?
請問，您找誰？
Kamu mau mencari siapa ?

客人說
Chen´ sien seng cai` cia ma ?
陳先生在家嗎？
Tuan Chen ada dirumah ?

女傭說
Ching˘ wen` , nin´ kuei` sing` ta` ming´ ?
請問，您貴姓大名？
Siapa marga kamu ?

客人說
Wo˘ sing` Wang´ , wo˘ se` Chen´ sien seng te thung´ se` .
我姓王，我是陳先生的同事。
Marga saya Wang , saya teman kantor tuan Chen.

女傭說
Ching˘ nin´ teng˘ yi´ sia` .
請您等一下。
Tunggu sebentar.

72

女傭說
Sien seng , wai` mien` you˘ wei` Wang´ sien seng cau˘ nin´.
先生，外面有位王先生找您。
Tuan, diluar ada tuan Wang yang cari.

雇主說
Kan˘ khuai` khai men´ ching˘ tha cin` lai´ .
趕快開門請他進來。
Suruh dia masuk .

女傭說
Wang´ sien seng , ching˘ cin`. Ching˘ chuan thuo sie´.
王先生請進。請穿拖鞋。
Silahkan masuk tuan Wang, silahkan pakai sandal .

雇主說
Wang´ siung, ching˘ cuo`.
王兄，請坐。
Saudara Wang , silahkan duduk .

女傭說
Wang´ sien seng, nin´ siang˘ he cha´ hai´ se` he kha fei ?
王先生，您想喝茶還是喝咖啡？
Tuan Wang , kamu mau minum teh atau kopi?

客人說
Suei´ pien`, kha fei huo` se` cha´ tou khe˘ yi˘ .
隨便，咖啡或是茶都可以。
Terserah , apa saja boleh .

雇主說
Si ti` , na` ciu` lai´ liang˘ pei kha fei hau˘ le .
西蒂，那就來兩杯咖啡好了。
Siti , berikan 2 gelas kopi.

女傭說
Sien seng , kha fei lai´ le. Hai´ si yau` se´ me ma ?
先生，咖啡來了。還需要什麼嗎？
Tuan,ini kopinya . masih perlu apa lagi ?

雇主說
Mei´ you˘ le, sie` sie` ni´ .
沒有了，謝謝妳。
Tidak ada , terima kasih.

雇主說
Si ti` . Ce` wei` se` wo˘ te pheng´ you˘, Li˘ sien seng.
西蒂，這位是我的朋友，李先生。
Siti , ini teman saya , tuan Lie .

74

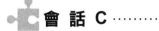

會 話 C

女傭說
Liˇ sien seng, ninˊ hauˇ.
李先生，您好。
Apa kabar tuan Lie.

女傭說
Sien seng , ninˊ chingˇ cuoˋ. Woˇ chiˋ phauˋ chaˊ hauˇ ma ?
先生，您請坐。我去泡茶好嗎？
Silahkan duduk tuan. Saya mau buat teh?

雇主說
Hauˇ te, khuaiˋ yiˋ tienˇ wo .
好的，快一點喔。
Baiklah , Cepat sedikit.

女傭說
Chaˊ laiˊ le , chingˇ liangˇ weiˋ manˋ yungˋ.
茶來了，請兩位慢用。
Ini tehnya , Silahkan minum.

雇主說
Si ti`, thai` thai` huei´ lai´ le ma？
西蒂，太太回來了嗎？
Siti , nyonya sudah pulang？

女傭說
Hai´ mei´ . Ching˘ wen` sien seng yau` yung` wan˘ chan ma？
還沒，請問先生要用晚餐嗎？
Belum , apakah tuan mau makan dulu？

雇主說
Pu´ yung` le , wo˘ men cai` wai` mien` che kuo` le .
不用了，我們在外面吃過了。
Tidak , saya sudah makan diluar tadi .

客人說
Tuei` pu´ chi˘ , Chen´ sien seng , wo˘ kai cou˘ le .
對不起，陳先生，我該走了。
Maaf , tuan Chen , saya pergi dulu .

雇主說
Cai` cien` , ching˘ man` cou˘.
再見，請慢走。
Sampai jumpa , hati-hati dijalan .

雇主說

Si ti`, siauˇ haiˊ yiˇ cing suei` ciau` le ma ?
西蒂，小孩已經睡覺了嗎？
Siti , apakah anak-anak sudah tidur?

女傭說

Yiˇ cing suei` le. Sien seng , woˇ kheˇ yiˇ chi` siu siˊ le ma ?
已經睡了。先生，我可以去休息了嗎？
Sudah tidur. Tuan , apakah saya boleh istirahat ?

雇主說

Niˇ kheˇ yiˇ siu siˊ le. Ci` teˊ mingˊ thien cauˇ sang` uˇ
tienˇ cung chiˇ chuangˊ .
妳可以休息了，記得明天早上五點鐘起床。
Kamu boleh istirahat . ingat besok pagi bangun jam
lima.

| 課程名稱 | 睡　房　**Kamar Tidur** |

情境：雇主交代外傭清掃房間的守則

會　話 A

雇主說
Cin` ru` suei` fang´ , ce˘ me pu` chiau fang´ men´ ne ?
進入睡房，怎麼不敲房門呢？
Mengapa tidak mengetuk pintu, kalau masuk ke kamar tidur ?

女傭說
Tuei` pu´ chi˘ , wo˘ wang` ci` le.
對不起，我忘記了。
Maaf , saya lupa .

雇主說
Sia` che` cin` lai´ , yau` sien chiau men´ .
下次進來，要先敲門。
Lain kali ketuk pintu dulu , baru masuk.

雇主說
Fang´ cien liˇ te tung si , niˇ cengˇ liˇ wan´ hou`, tou yau` fang` huei´ yen´ chu`.
房間裡的東西，妳整理完後，都要放回原處。
Barang dalam kamar, setelah dibereskan letakkan kembali ketempat asal mulanya.

女傭說
Wo ci` cu` le .
我記住了。
Saya sudah ingat .

會　話　B

女傭說
Thai` thai`, chuang´ tan , cenˇ thou´ thau`, tuo ciuˇ yau` siˇ yi´ che` ?
太太，床單，枕頭套，多久要洗一次？
Nyonya,seprei ,sarung bantal , berapa lama sekali dicuci ?

雇主說
Yi´ ke sing chi´ siˇ yi´ che`.
一個星期洗一次。
1 minggu sekali dicuci.

印尼會話 123
▶▶▶ 沙都・都哇

女傭說
Chuang lian´ ne ?
窗簾呢？
Bagaimana gorden ?

雇主說
Yi´ ke` ye` si˘ yi´ che` .
一個月洗一次。
Satu bulan cuci sekali .

雇主說
Fang´ cien ceng˘ li˘ wan´ hou`, ci` te´ yau` pa˘ men´ suo˘ hau˘.
房間整理完後，記得要把門鎖好。
Setelah bereskan kamar , ingat pintu harus ditutup kembali .

女傭說
Thai` thai`, cen fang` cai` na˘ li˘ ?
太太，針放在哪裡？
Nyonya , jarum ditaruh dimana ?

雇主說
Ni˘ yau` cen lai´ cuo` se´ me ?
妳要針來做什麼？
Kamu mau jarum buat apa ?

女傭說
Woˇ te yi fuˊ phoˋ le .
我的衣服破了。
Baju saya robek .

雇主說
Yiˋ hueiˇ el , woˇ chiˋ naˊ keiˇ niˇ.
一會兒，我去拿給妳。
Sebentar , saya ambilkan buat kamu.

女傭說
Thaiˋ thaiˋ, ninˊ kauˋ suˋ woˇ fangˋ caiˋ naˇ liˇ, woˇ chiˋ naˊ.
太太，您告訴我放在哪裡，我去拿。
Nyonya, beritahukan saya saja taruh dimana , saya
ambil sendiri.

雇主說
Caiˋ kheˋ thing te chou thiˋ liˇ.
在客廳的抽屜裏。
Dilaci ruang tamu

雇主說
Woˇ te niuˇ khouˋ tiauˋ le, niˇ sunˋ pianˋ pang woˇ puˇ, hauˇ ma ?
我的鈕扣掉了，妳順便幫我補，好嗎？
Kancing baju saya lepas , sekalian kamu jahitkan , boleh ?

女傭說
Thai` thai` , hai´ you˘ fen fu` ma ?
太太，還有吩咐嗎？
Nyonya , masih ada yang mau disuruh tidak ?

雇主說
Wan˘ sang` suei` ciau` chien´ yau` ci` te´ kuan men´ ,
suo˘ men´ , kuan wa˘ se .
晚上睡覺前要記得關門，鎖門，關瓦斯。
Malam hari sebelum tidur ingat tutup pintu , kunci pintu
, matikan gas .

雇主說
Cin` chi` fang´ cien khai teng , chu lai´ ci` te´ kuan teng .
進去房間開燈，出來記得關燈。
Masuk kamar nyalakan lampu , keluar ingat matikan
lampu .

課程名稱　清潔家事工作　**Pekerjaan Pembersihan**

情境：雇主督促外傭家事工作

會話 A

雇主說

Sauˇ tiˋ yauˋ sauˇ kan cingˋ , cuo ce heˊ yiˇ ce tiˇ siaˋ ye ˇ yauˋ sauˇ .

掃地要掃乾淨，桌子和椅子底下也要掃。

Sapu lantai harus sapu yang bersih , bawah meja dan bangku juga harus disapu .

雇主說

Yiˋ seˋ heˊ cheˋ suoˇ yauˋ sueiˊ seˊ pauˇ cheˊ kan cauˋ .

浴室和廁所要隨時保持乾燥。

Kamar mandi dan wc harus selalu dijaga bersih dan kering .

雇主說

Siˇ wanˇ phanˊ houˋ , siˇ wanˇ chauˊ yauˋ maˇ sangˋ ching siˇ kan cingˋ .

洗碗盤後，洗碗槽要馬上清洗乾淨。

Sesudah cuci mangkok piring , bak cuci mangkok harus langsung dibereskan yang bersih .

雇主說
Waˇ se luˊ heˊ chou youˊ yen ci yeˇ yauˋ sueiˊ seˊ pauˇ cheˊ kan cingˋ.
瓦斯爐和抽油煙機也要隨時保持乾淨。
Kompor gas dan penyedot asap juga harus dijaga selalu bersih.

女傭說
Thaiˋ thaiˋ ninˊ leiˋ le, chingˇ siu siˊ yiˊ siaˋ, ceˋ keˋ kung cuoˋ rangˋ woˇ laiˊ cuˋ ciuˋ hauˇ.
太太，您累了，請休息一下，這個工作讓我來做就好。
Nyonya, anda sudah lelah, silahkan istirahatlah sebentar, pekerjaan ini biar saya yang kerjakan saja.

雇主說
Ruˊ kuoˇ reˋ changˊ yungˋ phinˇ khuaiˋ yauˋ wanˊ le, ciuˋ yauˋ kauˋ suˋ kuˋ cuˇ.
如果日常用品快要完了，就要告訴雇主。
Kalau kebutuhan sehari-hari sudah mau habis, harus memberitahu majikan.

雇主說
Tienˋ chiˋ yungˋ phinˇ puˊ hueiˋ seˇ yungˋ yauˋ wenˋ kuˋ cuˇ.
電器用品不會使用要問雇主。
Peralatan elektronik tidak bisa pakai, harus tanya majikan.

女傭問
Tien` chi` yung` phin˘ yau` ching si˘ se´ , mei´ you˘ pa´
tiau` cha thou´ huei` wei` sien˘ ma ?
電器用品要清洗時，沒有拔掉插頭會危險嗎？
Waktu mau membersihkan alat elektronik , tidak cabut
stekernya , apakah bisa berbahaya ?

雇主說
Ching cie´ kung cuo` yau` kan cing` , mo˘ pu` yau`
chang´ si˘ .
清潔工作要乾淨，抹布要常洗。
Pekerjaan kebersihan harus yang bersih , kain lap kain
pel harus sering dicuci .

雇主說
Mo˘ pu` cang le yau` na´ chi` si˘ yi` si˘ .
抹布髒了要拿去洗一洗。
Kain lap sudah kotor harus dicuci .

雇主說
Chuang hu` he´ ping siang mei´ ke` li˘ pai` yau` ching li˘
yi´ che` .
窗戶和冰箱每個禮拜要清理一次。
Jendela dan kulkas seminggu sekali harus
dibersihkan .

雇主說
Ching li˘ ping siang se´, ping siang li˘ te tung si yau` na ´chu lai´.
清理冰箱時，冰箱裡的東西要拿出來。
Waktu membersihkan kulkas , barang-barang didalam kulkas harus dikeluarkan .

雇主說
Tau` le` se` hou`, le` se` thung˘ yau` ci` te´fang` le` se` tai`.
倒垃圾後，垃圾筒要記得放垃圾袋。
Setelah buang sampah , harus ingat tong sampah taruh plastik sampah .

雇主說
Le` se` thung˘ cang le , ciu` yau` si˘ kan cing`.
垃圾筒髒了，就要洗乾淨。
Tong sampah sudah kotor , harus dicuci bersih .

雇主說
Yau` tiu tung si chien´, sien na´kei˘ ku` cu˘ khan`.
要丟東西前，先拿給雇主看。
Sebelum buang barang , harus kasih lihat majikan dahulu .

雇主說
Pu` khe˘ yi˘ suei´ pien` tiu tung si .
不可以隨便丟東西。
Tidak boleh sembarangan buang barang .

雇主說
Le` se` ye˘ pu` khe˘ yi˘ luan` tiu , yau` tiu cai` le` se` thung˘ .
垃圾也不可以亂丟，要丟在垃圾筒。
Sampah juga tidak boleh sembarangan buang , harus dibuang ke tong sampah .

雇主說
Mau´ cin , i fu´ , wa` ce fang` cai` yi´ kuei` li˘ .
毛巾，衣服，襪子放在衣櫃裡。
Handuk , baju , kaos kaki taruh di dalam lemari pakaian .

雇主說
Thuo ti` te suei˘ cang le ciu` yau` huan` .
拖地的水髒了就要換。
Air pel sudah kotor , harus diganti .

女傭說
Wei´ po lu´ yung` hau˘ yau` cha kan cing` ma ?
微波爐用好要擦乾淨嗎？
Microwave setelah dipakai , apakah harus dilap bersih ?

雇主說
Chu´ fang´ te thuo sie´ pu` khe˘ yi˘ chuan tau` khe`
thing .
廚房的拖鞋不可以穿到客廳。
Sandal dapur tidak boleh dipakai ke ruang tamu .

 會 話 B

雇主說
Yi fu´ you˘ fen cheng´ si˘ yi ci si˘ , huo` sou˘ si˘ te , yau`
wen` ching chu˘ .
衣服有分成洗衣機洗，或手洗的，要問清楚。
Baju ada yang dicuci dengan mesin cuci , atau dicuci
dengan tangan , harus tanya dengan jelas .

雇主說
Yi fu´ yau` sai` cai` yang´ thai´ .
衣服要晒在陽台。
Baju mau dijemur di balkon .

雇主說
Siau˘ hai´ ce te yi fu´ yau` yung` sou˘ si˘ .
小孩子的衣服要用手洗。
Baju anak kecil dicuci dengan tangan .

女傭說
Thai` thai` wo˘ mei´ you˘ yung` kuo` ce` cung˘ si˘ yi ci ,
ching˘ nin´ ciau wo˘ .
太太我沒有用過這種洗衣機，請您教我。
Nyonya , saya belum pernah pakai mesin cuci seperti
ini , tolong anda ajari saya .

雇主說
Nei` yi , nei` khu` , wa` ce pu` khe˘ yi˘ yung` si˘ yi ci si˘
, yau` yung` sou˘ si˘ .
內衣，內褲，襪子不可以用洗衣機洗，要用手洗。
Baju dalam , celana dalam , kaos kaki , tidak boleh
dicuci dengan mesin cuci , harus dicuci dengan tangan .

雇主說
Sien seng te chen` san kua` cai` yi kuei` li˘ .
先生的襯衫掛在衣櫃裡。
Kemeja tuan digantung di dalam lemari pakaian .

雇主說
Mei˘ ke` sing chi´ yau` huan` cen˘ thou´ thau` he´
chuang´ tan .
每個星期要換枕頭套和床單。
Tiap minggu harus ganti sarung bantal dan sprei .

女傭說
Hai´ you˘ ang cang te yi fu´ yau` si˘ ma ?
還有骯髒的衣服要洗嗎?
Masih ada pakaian kotor yang mau dicuci tidak ?

雇主說
Ni˘ te yi fu´ cang le , kai huan` le .
妳的衣服髒了,該換了。
Baju kamu kotor , harus diganti.

雇主說
Wo˘ te yi fu´ tou mei´ you˘ kan.
我的衣服都沒有乾。
Baju saya belum kering semua.

雇主說
Ce` yi fu´ huei` thuei` se` , ni˘ yau` fen khai si˘.
這衣服會退色,妳要分開洗。
Baju ini luntur , cucinya terpisah.

雇主說
Pai´ se` te yi fu´ ye˘ yau` fen khai si˘, huo` ce˘ sien si˘.
白色的衣服也要分開洗,或者先洗。
Baju yang putih harus terpisah cucinya atau cuci
terlebih dahulu.

雇主說
Ce` cien` yi fu´ pi˘ ciau` po´, pu` neng´ yung` sua ce sua, yau` yung` sou˘ si˘.
這件衣服比較薄，不能用刷子刷，要用手洗。
Baju ini tipis , tidak usah disikat, cuci pakai tangan saja.

女傭說
Thai` thai`, yi cia` pu´ kou` yung`.
太太，衣架不夠用。
Nyonya , gantungan baju tidak cukup.

雇主說
Wo˘ huei` mai˘ huei´ lai´. Sia` yi˘ le , yau` pa˘ yi fu´ sou cin` lai´.
我會買回來。下雨了，要把衣服收進來。
Saya akan beli lagi. Hujan , angkat semua baju.

雇主說
Yi fu´ , khu` ce ye˘ yau` fen khai si˘.
衣服，褲子也要分開洗。
Baju , celana , harus dicuci terpisah.

女傭說
Ci` cu` le. Nan´ yi fu´, ni˘ yi fu´ yau` pu´ yau` fen khai si˘?
記住了。男衣服，女衣服要不要分開洗？
Ingat . baju laki-laki dan baju perempuan apakah mau dicuci terpisah?

雇主說
Yi fu´ khe˘ yi˘ yi` chi˘ si˘. Tan` khu` ce yau` fen khai si˘.
衣服可以一起洗。但褲子要分開洗。
Baju boleh dicuci jadi satu. Tetapi celana harus dicuci terpisah

女傭說
Siu` khou˘, yi ling˘, khu` kuan˘ yau` yung` sua ce sua.
袖口，衣領，褲管要用刷子刷。
Kerah baju , lengan dan celana harus disikat.

會 話 C

雇主說
Cha ti` pan˘ te suei˘, cang le ciu` yau` huan`.
擦地板的水，髒了就要換。
Air yang buat pel kalau sudah kotor , harus diganti.

雇主說
Sueiˇ thungˇ se` yung` lai´ cung sueiˇ te.
水桶是用來裝水的。
Ember digunakan untuk mengambil air.

雇主說
Chu´ fang´ yung` te moˇ pu` ken cha ti` yung` te moˇ pu` , Pu` neng´ hun` ce yung`.
廚房用的抹布跟擦地用的抹布 不能混著用。
Lap untuk dapur dengan lap untuk lantai , Tidak boleh digunakan jadi satu.

雇主說
Se pu` cai` seˇ yung` chien´ yau` sien yung` souˇ ning´ tiau` sueiˇ fen`.
濕布在使用前要先用手擰掉水分。
Kain basah sebelum digunakan harus diperas dengan tangan sampai kering.

雇主說
Tien` se` ci, yin siangˇ ci´ cuo kuei` , mei´ liangˇ thien yau` cha se` yi´ che`.
電視機，音響及桌櫃，每兩天要擦拭一次。
TV,speaker dan lemari , 2 hari sekali harus dilap.

雇主說
Ping siang yeˇ yau` cha se`.
冰箱也要擦拭。
Kulkas juga di lap.

雇主說
Ping siang liˇ mien` meiˊ sing chiˊ yau` ching liˇ yiˊ che`.
冰箱裡面每星期要清理一次。
Dalam kulkas 1 minggu sekali harus dibersihkan.

雇主說
Menˊ chuang meiˇ ke` sing chiˊ yau` yung` se pu` cha yiˊ che`.
門窗每個星期要用濕布擦一次。
Pintu jendela dilap 1 minggu sekali dengan lap basah.

雇主說
Sa chuang meiˇ yiˊ ke` ye` yau` naˊ sia` laiˊ yung` sueiˇ ching siˇ yiˊ che`.
紗窗每一個月要拿下來用水清洗一次。
Jendela kassa di bersihkan dengan air 1 bulan sekali.

雇主說
Leng˘ chi` ci te li` wang˘, mei˘ liang˘ ke` sing chi´ yau`
na´ sia` lai´ ching si˘ yi´ che`.
冷氣機的濾網每兩個星期要拿下來清洗一次。
Kassa AC dalam 2 minggu sekali di bersihkan.

雇主說
Mei˘ thien yau` pa˘ liang` kan te yi fu´ sou huei´ lai´.
每天要把晾乾的衣服收回來。
Setiap hari baju yang dijemur , sudah kering harus
diangkat.

雇主說
Mei˘ you˘ kan te, ming´ thien cai` sou.
沒有乾的，明天再收。
Yang belum kering , besok baru diangkat.

雇主說
Pa˘ sou huei´ lai´ te yi fu´ sien fang` hau˘ , cun˘ pei`
wan˘ sang` thang`.
把收回來的衣服先放好，準備晚上燙。
Baju yang sudah diangkat ditaruh yang baik , malam
baru menggosok .

印尼會話123
▶▶▶ 沙都·都哇

雇主說
Chen` san ci´ chang´ khu` yi´ ting` yau` thang`.
襯衫及長褲一定要燙。
Kemeja dan celana panjang harus digosok.

雇主說
Nei` yi khu` , wa` ce , phing´ chang´ cia ci yung` yi fu´
pu´ pi` thang`.
內衣褲，襪子，平常家居用衣服不必燙。
Baju dalam , kaus kaki dan pakaian sehari-hari dirumah
tidak usah di gosok.

雇主說
Thang` yi fu´ te se´ hou`, pu´ yau` rang` siauˇ hai´ ce
cie cin`.
燙衣服的時候，不要讓小孩子接近。
Saat menggosok baju , anak tidak boleh dekat-dekat.

雇主說
Suoˇ youˇ te yi fu´ yau` fen lei` paiˇ hauˇ.
所有的衣服要分類擺好。
Semua baju dibagi dengan baik.

雇主說

Mei˘ yi´ ke` ren´ te yi fu´, yau` fen khai fang` hau˘ huo`
tiau` chi˘ lai´.

每一個人的衣服，要分開放好或吊起來。

Baju masing-masing ditaruh terpisah dan gantung yang
baik.

課程名稱　**兒童房間、雜物間 Kamar Anak, Gudang**

情境：家裡處理雜事的對話

 會 話 A ··

雇主說
Siauˇhaiˊce weiˋseˊme khu？
小孩子為什麼哭？
Mengapa anak menangis？

女傭說
Tha yauˋwanˊciˋ.
他要玩具。
Dia mau mainan.

雇主說
Keiˇtha.
給他。
Berikan padanya.

女傭說
Cau˘ pu´ tau` wan´ ci`.
找不到玩具。
Mainannya tidak ketemu.

雇主說
Na´ ce` ke` yang´ wa´ wa´ kei˘ tha.
拿這個洋娃娃給他。
Beri dia boneka ini.

女傭說
Tha pu´ yau` yang´ wa´ wa´.
他不要洋娃娃。
Dia tidak mau boneka.

雇主說
Na` tha yau` se´ me？
那他要什麼？
Dia mau apa?

女傭說
Tha yau` ci chi` ren´.
他要機器人。
Dia mau robot.

會 話 B

雇主說
Sia` yiˇ le, chi` pang woˇ naˊ yiˇ yi laiˊ.
下雨了，去幫我拿雨衣來。
Hujan , tolong ambilkan saya jas hujan.

女傭說
Yiˇ yi fang` cai` naˇ liˇ ?
雨衣放在哪裡？
Jas hujan ditaruh dimana ?

雇主說
Cai` caˊ u` cien liˇ .
在雜物間裡。
Didalam gudang.

女傭說
Woˇ cauˇ le, meiˊ youˇ yiˇ yi, ceˇ khan` cien` yiˇ sanˇ.
我找了，沒有雨衣，只看見雨傘。
Saya sudah cari , tidak ada jas hujan, yang ada hanya payung

雇主說
Na´ yiˇ sanˇ yeˇ kheˇ yiˇ.
拿雨傘也可以。
Ambil payung juga boleh

女傭說
Na` sie ciu` pau` ceˇ yau` reng tiau` ma ?
那些舊報紙要扔掉嗎？
Koran bekas itu apakah mau dibuang ?

雇主說
Pu´ yau` reng tiau`.
不要扔掉。
Jangan dibuang.

女傭說
Thai` thai`, sau` paˇ huai` le, pu` neng´ yung` le.
太太，掃把壞了，不能用了。
Nyonya , sapu sudah rusak , tidak bisa dipakai lagi

雇主說
Woˇ huei` maiˇ huei´ lai´.
我會買回來。
Saya akan beli lagi.

會 話 C

雇主說
Chi` pang woˇ naˊ kung se` pau laiˊ.
去幫我拿公事包來。
Tolong ambilkan tas kerja saya

女傭說
Sien seng, kung se` pau fang` cai` naˇ liˇ ?
先生，公事包放在哪裡？
Tuan , tasnya ditaruh dimana ?

雇主說
Cai` khe` thing .
在客廳
Di ruang tamu

女傭說
Sien seng , woˇ cauˇ puˊ tau` .
先生，我找不到。
Tuan , saya tidak dapat menemukannya

102

雇主說
Mei´ kuan si`, wo˘ chi` na´
沒關係,我去拿。
Tidak apa-apa , saya pergi ambil.

雇主說
khan` cien` wo˘ te yen˘ cing` le ma ?
看見我的眼鏡了嗎?
Apakah kamu melihat kacamata saya ?

雇主說
Cai` tien` se` phang´ pian , chi` pang wo˘ na´ lai´.
在電視旁邊,去幫我拿來。
Disamping TV , tolong ambilkan .

課程名稱	廁　所　Kamar Mandi

情境：雇主交代外傭清掃廁所工作

雇主說
Che` suoˇ, meiˇ thien tou yau` siˇ kan cing`.
廁所，每天都要洗乾淨。
Setiap hari , kamar mandi harus dibersihkan

女傭說
Woˇ siangˇ tai` souˇ thau` siˇ che` suoˇ.
我想戴手套洗廁所。
Saya mau memakai sarung tangan waktu mencuci
kamar mandi.

雇主說
kheˇ yiˇ
可以
Boleh .

雇主說
Che` suoˇ yau` cing chang´ pauˇ che´ kan cing`
廁所要經常保持乾淨
Kamar mandi harus selalu bersih .

雇主說
Meiˇ thien yau` ching siˇ che` suoˇ te ti` panˇ maˇ thungˇ
每天要清洗廁所的地板馬桶
Setiap hari kamar mandi harus di cuci .

雇主說
Che` suoˇ siˇ hauˇ hou` , yau` yung` kan pu` cha kan.
廁所洗好後，要用乾布擦乾。
Kamar mandi setelah dibersihkan , dilap sampai kering.

| 課程名稱 | 服　裝　Pakaian |

情境：關於服裝的會話

雇主說
Thien chi` leng˘ le, ce˘ me mei´ tuo chuan yi fu´ ne ?
天氣冷了，怎麼沒多穿衣服呢？
Cuaca dingin , mengapa tidak menggunakan baju lebih ?

女傭說
Wo˘ mei˘ you˘ tai` lai´.
我沒有帶來。
Saya tidak membawanya.

雇主說
Ce` cien` yi fu´ ni˘ si˘ huan ma ?
這件衣服妳喜歡嗎？
Apakah kamu suka baju ini ?

雇主說
Ce` cien` kei˘ ni˘ chuan, si˘ huan ma ? he´ sen ma ?
這件給妳穿，喜歡嗎？合身嗎？
Ini untuk kamu pakai , suka tidak ? pas tidak ?

女傭說
Sie` sie`, wo˘ hen˘ si˘ huan.
謝謝，我很喜歡.
Terima kasih , saya sangat suka.

課程名稱　**照顧嬰兒** Menjaga Bayi

情境：雇主交代外傭照顧嬰兒
孩子的工作

會 話 A

雇主問
khe˘ yi˘ yung` ce` ci˘ te khuai` ce thang che´ wei` siau˘
hai´ ma ?
可以用自己的筷子湯匙餵小孩嗎？
Apakah boleh menggunakan sumpit dan sendok sendiri
menyuapi anak kecil ?

女傭答
Pù khĕ y̆i.
不可以。
Tidak boleh.

雇主說
Nai˘ phing´ yau` yung` sua ce sua kan cing`.
奶瓶要用刷子刷乾淨。
Botol susu harus disikat yang bersih dengan sikat .

108

雇主說
Pu` khe˘ yi˘ rang` pau˘ pau˘ pa˘ tung si fang` cin` cuei˘ pa li˘ .
不可以讓寶寶把東西放進嘴巴裡。
Tidak boleh biarkan bayi memasukkan barang ke dalam mulut .

女傭問
Ci˘ ke` siau˘ se´ kai wei` ing el´ he yi´ che` nai˘ ?
幾個小時該餵嬰兒喝一次奶？
Berapa jam sekali harus suapi bayi minum susu ?

雇主說
Mei˘ se` ke` siau˘ se´ yau` wei` pau˘ pau˘ he yi´ che` nai˘ .
每四個小時要餵寶寶喝一次奶。
Setiap 4 jam sekali mau suapi bayi minum susu .

雇主說
Se´ cien tau` le chai´ khe˘ yi˘ wei` pau˘ pau˘ he nai˘ .
時間到了才可以餵寶寶喝奶。
Sudah waktunya baru boleh suapi bayi minum susu .

雇主說
Phau` niu´ nai˘ pu´ yau` thai` thang` , thai` si huo` thai` nung´ .
泡牛奶不要太燙，太稀或太濃。
Seduh susu tidak boleh terlalu panas , terlalu encer atau terlalu kental .

雇主說
Pauˇ pauˇ he wanˊ naiˇ yau` phai pei` .
寶寶喝完奶要拍背。
Sehabis setelah bayi minum susu harus tepuk punggung .

雇主說
Pauˇ pauˇ he niuˊ naiˇ hou` , naiˇ phingˊ yau` siˇ kan cing` .
寶寶喝牛奶後，奶瓶要洗乾淨。
Setelah bayi minum , botol susu harus dicuci bersih .

 會 話 B

雇主說
Cai` Thaiˊ Wan te ing elˊ puˊ se` chienˊ pu` yung` feiˊ cau` siˇ cauˇ te .
在台灣的嬰兒不是全部用肥皂洗澡的。
Bayi di taiwan tidak semuanya mandi pakai sabun .

雇主說
Ing elˊ siˇ cauˇ hou` , ing elˊ te i fuˊ yau` ceˊ cie yung` souˇ siˇ .
嬰兒洗澡後，嬰兒的衣服要直接用手洗。
Setelah bayi mandi , bajunya harus langsung dicuci dengan tangan .

雇主說
Cau` ku` siauˇ hai´ yau` ci` te´ che naiˇ se´ cien ci´ cienˇ cha´ niau` pu` .
照顧小孩要記得吃奶時間及檢查尿布。
Menjaga anak kecil harus ingat waktunya minum susu dan sering memeriksa popok .

雇主說
Meiˇ ke` siauˇ se´ yau` cienˇ cha´ niau` pu` .
每個小時要檢查尿布。
Setiap jam harus periksa popok .

雇主說
Pang ing el´ siˇ cauˇ yau` yung` wen sueiˇ , pu` kheˇ yiˇ thai` thang` .
幫嬰兒洗澡要用溫水，不可以太燙。
Bantu bayi mandi harus pakai air hangat , tidak boleh terlalu panas .

會 話 C

雇主說
Pauˇ pauˇ taˇ yi` fang´ cen suoˇ yiˇ huei` youˇ tienˇ fa sau .
寶寶打預防針所以會有點發燒。
Bayi habis suntik imunisasi mungkin akan panas badannya

111

雇主說
Tien` fung san` pu´ yau` tuei` ce pau˘ pau˘ chuei .
電風扇不要對著寶寶吹。
Kipas angin jangan langsung diarahkan ke bayi .

雇主說
Pau˘ pau˘ hung´ phi` ku˘ le , yau` chang´ huan` niau` pu` .
寶寶紅屁股了，要常換尿布。
Pantat bayi merah-merah , harus sering ganti popok .

雇主說
Leng˘ chi` pu´ yau` khai thai` ciang´ , pau˘ pau˘ huei` leng˘ .
冷氣不要開太強，寶寶會冷。
Ac jangan terlalu kencang nanti bayinya kedinginan .

雇主說
khuai` chi` khan` , siau˘ hai´ wei` se´ me khu ?
快去看，小孩為什麼哭 ?
Cepat lihat , mengapa anak menangis?

女傭說
Thai` thai` , tha suai tau˘ le .
太太，他摔倒了。
Nyonya , dia jatuh

雇主說
Niˇ weiˋ seˊ me puˊ khanˋ ce siauˇ haiˊ ne？
妳為什麼不看著小孩呢？
Mengapa kamu tidak melihat anak？

女傭說
Woˇ caiˋ siˇ chaiˋ.
我在洗菜。
Saya sedang mencuci sayur

雇主說
Youˇ liuˊ sieˇ ma？
有流血嗎？
Apakah berdarah？

女傭說
Meiˇ youˇ.
沒有。
Tidak

雇主說
Siauˇ haiˊ khu le, niˇ ciuˋ yauˋ chiˋ khanˋ khanˋ tha.
小孩哭了，妳就要去看看他。
Kalau anak menangis , kamu harus melihatnya

113

雇主說
Se` pu´ se` e` le ne？
是不是餓了呢？
Apakah lapar？

雇主說
Niau` pu` se le, yau` li` khe` huan`.
尿布溼了，要立刻換。
Popok sudah basah , harus segera diganti

主說
Siau˘ hai´ te ce˘ cia˘ chang´ le, ni˘ yau` pang tha cien˘.
小孩的指甲長了，妳要幫他剪。
Kuku anak sudah panjang , kamu harus bantu gunting

雇主說
Chung nai˘ kei˘ siau˘ hai´ te se´ hou`, yau` sien si˘ sou˘.
沖奶給小孩的時候，要先洗手。
Saat buat susu untuk anak, tangan dicuci terlebih
dahulu

課程名稱　照顧小孩 Menjaga Anak

情境：雇主交代外傭照料孩童的工作

 會 話 A

雇主說

Pang siauˇ haiˊ siˇ thouˊ faˇ houˋ , thouˊ faˇ yauˋ yungˋ chuei fung ci chuei kan .

幫小孩洗頭髮後，頭髮要用吹風機吹乾。

Setelah bantu anak kecil cuci rambut , rambut harus dikeringkan dengan hair dryer .

雇主說

Siˇ cauˇ sueiˇ puˋ kheˇ yiˇ thaiˋ thangˋ , sien fangˋ lengˇ sueiˇ caiˋ fangˋ reˋ sueiˇ .

洗澡水不可以太燙，先放冷水再放熱水。

Air untuk mandi tidak boleh terlalu panas , taruh air dingin dulu baru taruh air panas .

115

雇主說
Ci` te´, pang siauˇ hai´ siˇ cauˇ se´, sien fang` lengˇ
sueiˇ cai` fang` re` sueiˇ.
記得，幫小孩洗澡時，先放冷水再放熱水。
Ingat , waktu bantu anak kecil mandi , taruh air dingin
dahulu baru taruh air panas .

會 話 B

雇主說
Pu` kheˇ yiˇ rang` siauˇ hai´ khan` tien` se` thai` ciuˇ,
che thai` tuo ling´ se´.
不可以讓小孩看電視太久，吃太多零食。
Tidak boleh biarkan anak kecil nonton tv terlalu lama ,
makan jajan terlalu banyak .

雇主說
Meiˇ thien cauˇ sang` yau` thi´ sinˇ siauˇ hai´ che cauˇ chan .
每天早上要提醒小孩吃早餐。
Setiap pagi harus ingatkan anak kecil sarapan .

雇主說
Pu´ yau` rang` siauˇ hai´ ce sueiˇ pien` che tung si .
不要讓小孩子隨便吃東西。
Jangan biarkan anak kecil sembarangan makan makanan .

雇主說

Si ti` fan` chai` cuˇ hauˇ le mei´ youˇ？siauˇ hai´ ce
men tu` ceˇ e` le .

西蒂, 飯菜煮好了沒有？小孩子們肚子餓了。

Siti, nasi dan sayur sudah matang belum？anak –anak
sudah lapar .

雇主說

Yau` chang´ chang´ phei´ siauˇ hai´ ce wan´ , yeˇ yau`
thi´ sinˇ tha cuo` kung khe` .

要常常陪小孩子玩，也要提醒他做功課。

Harus sering-sering temani anak kecil bermain , juga
harus ingatkan dia mengerjakan PR.

雇主說

Tuei` siauˇ hai´ yau` youˇ nai` sing` .

對小孩要有耐性。

Terhadap anak kecil , harus ada kesabaran (berjiwa sabar)

雇主說

Chang´ chang´ he´ siauˇ hai´ wan´ , in wei` siauˇ hai´
yau` ken niˇ chin cin` , ku` cuˇ huei` henˇ kau sing` .

常常和小孩玩，因為小孩要跟妳親近雇主會很高興。

Sering-sering dengan anak kecil bermain , karena kalau anak
kecil dekat dengan kamu , maka majikan akan senang .

 會 話 C

雇主說
Sung` hai´ ce tau` puˇ si´ pan .
送孩子到補習班。
Antarkan anak-anak ke tempat ngeles .

雇主說
Puˇ si´ pan sia` khe` hou` yau` chi` cie tha .
補習班下課後要去接他。
Pulang ngeles harus dijemput .

雇主說
Yau` sia` yiˇ le , ci` te tai` yiˇ sanˇ .
要下雨了，記得帶雨傘。
Hari sudah mau hujan , ingat bawa payung .

雇主說
Hai´ ce youˇ meiˇ yiˇ ci´ huei` hua` khe` yau` sang` .
孩子有美語及繪畫課要上。
Anak-anak ada pelajaran inggris dan menggambar .

雇主說
Ceˇ sangˋ panˋ thien kheˋ , yauˋ cie tha fangˋ cieˊ .
只上半天課，要接他放學。
Hari ini sekolah setengah hari jangan lupa pergi jemput
anak-anak .

雇主說
Yauˋ weiˋ siauˇ haiˊ cunˇ peiˋ hauˇ cauˇ chan, su pau,
siauˋ fuˊ.
要為小孩準備好早餐，書包，校服。
Siapkan makan pagi anak , tas sekolah , seragam
sekolah.

雇主說
Liuˋ tienˇ cung chaiˊ chiˋ ciauˋ siauˇ haiˊ chiˇ chuangˊ.
六點鐘才去叫小孩起床。
Jam 6 pagi baru bangunkan anak

雇主說
Siauˇ haiˊ chiˇ chuangˊ houˋ, sian siˇ lienˇ, ranˊ houˋ
che cauˇ fanˋ.
小孩起床後，先洗臉，然後吃早飯。
Setelah anak bangun , cuci muka dulu , baru makan
pagi.

雇主說

Yung` wan´ cau˘ fan`, siau˘ hai´ yau` sua ya´, cha lien˘.
用完早飯，小孩要刷牙，擦臉。
Setelah makan pagi , anak sikat gigi , lap muka

雇主說

Ran´ hou`, siau˘ hai´ yau` huan` yi fu´, chuan sie´ ce , cun˘ pei` sang` sie´.
然後，小孩要換衣服，穿鞋子，準備上學。
Kemudian , anak ganti baju , pakai sepatu , siap pergi sekolah.

雇主說

Cou˘ lu` sang` sie´ siau`, yi´ ting` yau` cu` yi` an chuan´.
走路上學校，一定要注意安全。
Saat jalan kesekolah , perhatikan keselamatan

雇主說

Cie sang` you˘ he˘ tuo chi` che ken mo´ thuo che, yau` siau˘ sin.
街上有很多汽車跟摩托車，要小心。
Dijalan banyak mobil dan motor , hati-hati.

雇主說

Yau` se´ yau` hau˘ hau˘ pau˘ kuan˘, pu´ yau` yi´ se.
鑰匙要好好保管，不要遺失。
Kunci disimpan baik-baik , jangan hilang.

雇主說
Sung` siau˘ hai´ hou`, ni˘ huei´ cia che cau˘ chan.
送小孩後，妳回家吃早餐。
Setelah pulang antar anak , kamu makan pagi

雇主說
Pang siau˘ hai´ si˘ cau˘.
幫小孩洗澡
Bantu anak mandi

雇主說
Yung` chuei feng ci chuei kan tha te thou´ fa˘.
用吹風機吹乾他的頭髮
Rambut dikeringkan sampai kering

雇主說
Si˘ cau˘ suei˘ pu´ yau` thai` thang`.
洗澡水不要太燙
Air untuk mandi jangan terlalu panas

雇主說
Yau` sian fang` leng˘ suei˘ hou` cai` fang` re` suei˘.
要先放冷水後再放熱水
Taruh air dingin dulu baru air panas

課程名稱　照顧老人　Menjaga Orang Tua

情境：外傭照顧老人的會話

 會 話 A

雇主說
A kung te sen thiˇ puˋ hauˇ, yauˋ siauˇ sin cauˋ kuˋ tha.
阿公的身體不好，要小心照顧他。
Badannya kakek tidak baik, harus hati-hati
menjaganya.

女傭說
Mingˊ thien siaˋ uˇ woˇ yauˋ pheiˊ a kung tauˋ kung yien
ˊsanˋ puˋ.
明天下午我要陪阿公到公園散步。
Besok sore saya mau menemani kakek ke taman
jalan-jalan .

122

雇主說
Tuo phei´ lauˇ ren´ cia liau´ thien , lauˇ ren´ cia hueiˋ
henˇ kau singˋ .
多陪老人家聊天，老人家會很高興。
Banyak menemani orang tua ngobrol , orang tua bisa
sangat senang .

雇主說
Pang a kung na´ kuaiˇ cangˋ .
幫阿公拿拐杖。
Bantu kakek ambil tongkat .

雇主說
Siaˋ uˇ keiˇ a kung sueiˋ uˇ ciauˋ .
下午給阿公睡午覺。
Sore hari mau kasih kakek tidur siang .

雇主說
A maˋ chiˇ chuang´ houˋ yauˋ pang tha su thou´ .
阿嬤起床後要幫她梳頭。
Setelah nenek bangun tidur , harus bantu dia sisir
rambut .

雇主說
Woˇ te fang´ cien cai` san lou´ , a ma` te fang´ cien cai`
el` lou´ .
我的房間在三樓，阿嬤的房間在二樓。
Kamar saya di lantai 3 , kamar nenek di lantai 2 .

 會 話 B ······························

雇主問
Wei` se´ me a ma` pu` che fan` ?
為什麼阿嬤不吃飯？
Mengapa nenek tidak mau makan nasi ?

雇主問
A ma` se` pu´ se` sen thiˇ pu` su fu´ ?
阿嬤是不是身體不舒服？
Apakah nenek tidak enak badan ?

雇主說
A ma` naˇ liˇ thung` ? se` pu´ se` thou´ thung` ?
阿嬤哪裡痛？是不是頭痛？
Nenek , mana yang sakit ? apakah sakit kepala ?

女傭說
A ma` wo˘ pang ni˘ an` mo´ hau˘ pu` hau˘ ?
阿嬤我幫妳按摩好不好？
Nenek saya bantu anda pijat baik tidak ?

雇主說
Tai` a ma` chi` fang´ cien siu si´ yi´ sia` .
帶阿嬤去房間休息一下。
Bawa nenek ke kamar istirahat sebentar .

雇主說
A ma` pu` si´ kuan` che suan la` te tung si .
阿嬤不習慣吃酸辣的東西。
Nenek tidak terbiasa makan makanan yang asam
pedas .

女傭說
Sien seng hen˘ tan sin in wei` a ma` seng ping` .
先生很擔心因為阿嬤生病。
Tuan sangat kuatir karena nenek sakit .

🧩 會 話 C

125

雇主問
A kung suo se´ me？ni˘ thing te tung˘ ma？
阿公説什麼？妳聽的懂嗎？
Kakek bicara apa？apakah kamu mengerti？

雇主說
A kung mei˘ you˘ thing tau`.
阿公沒有聽到。
Kakek tidak kedengaran．

雇主說
Tha` you˘ tien˘ cung` thing so˘ yi˘ seng in yau` ta` yi` tien˘.
他有點重聽所以聲音要大一點。
Dia agak tuli maka itu suaranya kerasan sedikit．

雇主說
Cin` liang` pu´ yau` rang` tha tan tu´ yi´ ke` ren´.
盡量不要讓他單獨一個人。
Sebisa mungkin jangan sampai dia sendirian．

雇主說
Thi´ sin˘ tha cau˘ wan˘ thien cia yi u`.
提醒他早晚添加衣物。
Ingatkan dia pagi，malam harus pakai baju lebih．

雇主說
Ching˘ cun˘ pei` ching tan` te se´ u` .
請準備清淡的食物。
Tolong siapkan makanan yang agak hambar .

女傭說
Ce` yang` su pu` su fu´ ?
這樣舒不舒服？
Begini enak tidak?

女傭說
Siu si´ yi´ sia`
休息一下
Istirahat sebentar

女傭說
Yau` pu´ yau` khan` tien` se` ?
要不要看電視？
Apakah mau nonton TV?

雇主說
La khai chuang lien´
拉開窗簾
Buka gorden

雇主說
Cenˇ thouˊ fangˋ kau yiˋ tienˇ
枕頭放高一點
Taruh tinggi sedikit bantal itu

女傭說
Yauˋ puˊ yauˋ siaˋ chuangˊ couˇ couˇ？
要不要下床走走？
Apakah mau turun dari ranjang untuk jalan-jalan?

女傭說
Hueiˋ lengˇ ma？
會冷嗎？
Apakah dingin?

雇主說
Woˇ cieˊ teˊ youˇ tienˇ lengˇ , pang woˇ naˊ peiˋ ce laiˊ.
我覺得有點冷，幫我拿被子來。
Saya merasa dingin , tolong ambilkan selimut

雇主說
Pheiˊ tha chiˋ waiˋ mienˋ sanˋ puˋ.
陪他去外面散步。
Temani dia keluar jalan-jalan

128

會 話 D ·······················

雇主說
Yu` se` ti` pan˘ yau` pau˘ che´ kan cing`.
浴室地板要保持乾淨。
Lantai kamar mandi harus selalu kering.

雇主說
Sang` sia` lou´ thi yau` fu´ che´.
上下樓梯要扶持。
Naik turun tangga harus dipegangin

雇主說
Se´ u` pu´ yau` thai` ying`.
食物不要太硬。
Makanan jangan terlalu keras

女傭說
Thai` thai`, lau˘ thai` thai` cuei` cin` che te hen˘ sau˘
太太，老太太最近吃的很少。
Nyonya , belakangan ini nenek makannya sedikit

雇主說
Wei` se´ me？Seng ping` le ma？
為什麼？生病了嗎？
Mengapa? apakah sakit?

女傭說
Mei´ you˘, khe˘ se` tha sin ching´ hen˘ pu` hau˘.
沒有，可是她心情很不好。
Tidak,mungkin lagi tidak enak hati

雇主說
Hau˘, ching˘ ni˘ chang´ phei´ tha chi` san` pu`.
好，請妳常陪她去散步。
Baik,sering-sering temani dia pergi jalan-jalan

女傭說
A kung, cin thien thien ching´ wo˘ phei´ nin´ chi` kung yien´.
阿公，今天天晴我陪您去公園。
Kakek, hari ini cuaca baik saya temani kamu pergi ke taman

阿公說
O , kei˘ wo˘ huan` yi fu´.
喔，給我換衣服。
O, saya ganti pakaian dulu

女傭說
Se`, a kung wo˘ kei˘ nin´ tai` khuang` chien´ suei˘ hai´ se` kuo˘ ce ?
是，阿公我給您帶礦泉水還是果汁？
Baik,kakek mau bawa air putih atau jus?

阿公說
Tai` yi` tien˘ suei˘ kuo˘.
帶一點水果。
Bawa buah sedikit

雇主說
A kung sen thi˘ hen˘ ruo`, ni˘ yau` fu´ tha sang` sia` chuang´.
阿公身體很弱，妳要扶他上下床。
Badan kakek lemah , saya bantu untuk turun dari ranjang

女傭說
Cung u˘ siang che se´ me tung si ?
中午想吃什麼東西？
Siang nanti mau makan apa?

阿公說
Niˇ pang woˇ cuˇ yiˋ tienˇ si fanˋ.
妳幫我煮一點稀飯。
Tolong masak bubur

女傭說
A kung yauˋ tuo che yiˋ tienˇ sen thiˇ chaiˊ hueiˋ hauˇ.
阿公要多吃一點身體才會好。
Kakek makan banyak sedikit agar badan sehat

阿公說
Si tiˋ , pheiˊ woˇ sangˋ cie maiˇ tienˇ tung si .
西蒂，陪我上街買點東西。
Siti , temani saya beli barang-barang

阿公說
Pheiˊ woˇ chiˋ sanˋ puˋ, hauˇ ma ?
陪我去散步，好嗎？
Temani saya pergi jalan-jalan,boleh?

女傭說
Chiˋ henˇ yienˇ ma ?
去很遠嗎？
Apakah perginya jauh?

132

阿公說
Pu` yienˇ , cai` cia fu` cin`.
不遠，在家附近。
Tidak jauh , dekat rumah saja

阿公說
Woˇ lei` le, pang woˇ an` moˊ yiˊ sia`.
我累了，幫我按摩一下。
Saya cape, bantu pijat sebentar

阿公說
Woˇ e` le, chi` pang woˇ naˊ niuˊ naiˇ laiˊ.
我餓了，去幫我拿牛奶來。
Saya lapar, tolong ambilkan susu kemari

阿公說
Woˇ cieˊ teˊ henˇ re`, chi` pang woˇ khai khung thiauˊ.
我覺得很熱，去幫我開空調。
Saya rasa panas, tolong buka AC

課程名稱 **照顧病人 Menjaga Orang Sakit**

情境：外傭照顧病人的常用會話

 會 話 A

雇主說
Ruˊ kuoˇ yau` liˊ khai ping` renˊ, ciu` yau` kau` su` tha yiˊ sia`
如果要離開病人就要告訴他一下。
Kalau mau meninggalkan orang sakit , harus memberitahu dulu.

雇主說
Ping` renˊ pu` nengˊ sia` chuangˊ yau` cunˇ pei` pien` phenˊ keiˇ tha yung`
病人不能下床要準備便盆給他用
Orang sakit tak sanggup turun ranjang harus siapkan pispot kasih dia pakai.

雇主說
Ci` te´, mei˘ liang˘ ke` siau˘ se´ yi´ che`, pang ping` ren ´fan sen he´ phai pei`.
記得，每兩個小時一次，幫病人翻身和拍背。
Ingat , setiap 2 jam sekali bantu orang sakit balik badan dan tepuk punggung.

雇主說
Ping` ren´ che fan` hou`, ing` kai kei˘ tha siu si´ yi´ sia`.
病人吃飯後，應該給他休息一下。
Setelah orang sakit makan, harus kasih dia istirahat sebentar.

雇主說
Tai` ping` ren´ sang` che` suo˘ yau` siau˘ sin, pie´ rang` tha tie´ tau˘.
帶病人上廁所要小心，別讓他跌倒。
Bawa orang sakit ke wc harus hati-hati , jangan biarkan dia jatuh.

雇主說
Yau` an` se´ kei˘ ping` ren´ che fan` he´ che yau`.
要按時給病人吃飯和吃藥。
Harus tepat waktu kasih orang sakit makan nasi dan minum obat .

雇主說
Niˇ hueiˋ puˊ hueiˋ pang pingˋ renˊ liangˊ sieˇ ya ?
你會不會幫病人量血壓？
Kamu bisa bantu orang sakit ukur tekanan darah tidak ?

女傭說
Sien seng , woˇ thing puˋ tungˇ , chingˇ niˇ caiˋ suo yiˊ pienˋ .
先生我聽不懂，請你再說一遍。
Tuan , saya tidak mengerti , tolong anda ulangi sekali lagi .

雇主說
Yauˋ cuˋ yiˋ keiˇ pingˋ renˊ pauˇ nuanˇ .
要注意給病人保暖。
Harus perhatikan jaga orang sakit agar tetap hangat .

雇主說
Ruˊ kuoˇ thien chiˋ henˇ lengˇ , yauˋ keiˇ pingˋ renˊ tuo cia yi fuˊ .
如果天氣很冷，要給病人多加衣服。
Kalau udara sangat dingin , harus kasih orang sakit tambah baju .

■ 照顧病人　Menjaga Orang Sakit

雇主說
Pu´yau` cuˇthai` ing` te se´u` keiˇping` ren´che .
不要煮太硬的食物給病人吃。
Jangan masak makanan terlalu keras kasih orang sakit makan .

雇主說
Pu´yau` rang` ping` ren´yi` ce´thangˇcai` chuang´
sang` , ing` kai pang tha cuo` yin` tung` .
不要讓病人一直躺在床上，應該幫他作運動。
Jangan biarkan orang sakit terus-terusan berbaring
diatas ranjang , harus bantu dia gerak badan .

雇主說
Ru´kuoˇlauˇren´neng´kou` ce` ciˇche yau` , jiou` pu´
yau` yi` ce´pang tha .
如果老人能夠自己吃藥，就不要一直幫他。
Kalau orang tua sanggup minum obat sendiri , jangan
terus-terusan bantu dia .

雇主說
Thuei ping` ren´cuo` lun´yiˇse´ , yau` siauˇsin , cu` yi`
an chien´ .
推病人坐輪椅時，要小心，注意安全。
Waktu dorong orang sakit duduk di kursi roda , harus
hati-hati , perhatikan keamanan .

137

雇主說
Ru´ kuoˇ ping` ren´ pu` neng´ ce` ciˇ siˇ lienˇ , yau`
pang tha .
如果病人不能自己洗臉,要幫他。
Kalau orang sakit tidak sanggup cuci muka sendiri ,
harus bantu dia .

雇主說
Cau` ku` ping` ren´ yi´ ting` yau` youˇ nai` sin he´ ai` sin .
照顧病人一定要有耐心和愛心。
Menjaga orang sakit harus ada kesabaran dan kasih sayang .

雇主說
Sien wei` siauˇ hai´ huo` se` ping` ren´ che pauˇ fan` ,
ran´ hou` niˇ cai` che .
先餵小孩或是病人吃飽飯,然後妳再吃。
Suapi anak atau orang sakit makan dulu , kemudian
kamu baru makan .

雇主說
Ping` ren´ chiˇ chuang´ hou` , yau` pang tha siˇ lienˇ he
´ su thou´ .
病人起床後,要幫他洗臉和梳頭。
Setelah orang sakit bangun , mau bantu dia cuci muka
dan sisir rambut .

雇主說
Se´ cien tau` le , kei˘ ping` ren´ siu si´ yi´ sia` .
時間到了，給病人休息一下。
Waktu sudah tiba , mau kasih orang sakit istirahat sebentar .

雇主說
Ping` ren´ te yi fu´ yau` fen khai si˘ .
病人的衣服要分開洗。
Baju orang sakit cucinya harus dipisah .

雇主說
Wei` ping` ren´ che fan` huo` che yau` , yau` sien si˘ sou˘ .
餵病人吃飯或吃藥，要先洗手。
Menyuapi orang sakit makan atau minum obat harus cuci tangan .

雇主說
Ping` ren´ te phi´ chi` pu` hau˘ , wo˘ men yau` ren˘ nai` cau` ku` tha .
病人的脾氣不好，我們要忍耐照顧他。
Sifat orang sakit tidak baik , kita harus sabar menjaganya .

會 話 B

雇主問
Niˇ nengˊ puˋ nengˊ cauˋ kuˋ pingˋ renˊ ?
妳能不能照顧病人？
Kamu bisa tidak jaga orang sakit?

雇主說
Sueiˊ seˊ yauˋ cuˋ yiˋ pingˋ renˊ te an chienˊ .
隨時要注意病人的安全。
Harus selalu memperhatikan keamanan orang sakit .

雇主說
Pheiˊ tha chiˋ cuoˋ fuˋ cienˋ
陪他去作復健。
Temani dia pergi terapi

雇主說
Cienˇ chaˊ niauˋ puˋ youˇ meiˊ youˇ se
檢查尿布有沒有濕
Periksa popok apakah sudah basah

女傭說
Tu` ce˘ cang` pu´ cang` ?
肚子漲不漲？
Apakah perut kembung?

女傭說
Tu` ce˘ thung` ma ?
肚子痛嗎？
Apakah sakit perut?

女傭說
Nin´ yau` siau˘ pien` ma ?
您要小便嗎？
Apakah mau buang air kecil?

女傭說
Nin´ yau` ta` pien` ma ?
您要大便嗎？
Apakah mau buang air besar?

女傭說
Nin´ you˘ pien` mi` ma ?
您有便秘嗎？
Apakah tidak bisa buang air besar?

女傭說
Nin´ you˘ mei´ you˘ fang` phi` ?
有沒有放屁？
Ada kentut tidak?

雇主說
pang wo˘ na´ yau` lai´
幫我拿藥來。
tolong ambilkan saya obat

女傭說
Yau` fang` cai` na˘ li˘ ?
藥放在哪裡？
Ditaruh dimana obatnya?

雇主說
Cai` yau` kuei` li˘ .
在藥櫃裡。
Dalam lemari obat.

女傭說
Yau` wen suei˘ hai´ se` ping suei˘ ?
要溫水還是冰水？
Mau air hangat atau air dingin ?

雇主說
Yau` wen sueiˇ.
要溫水。
Mau air hangat

女傭說
Woˇ pang nin´ fan sen .
我幫您翻身。
Saya bantu kamu balik badan

會 話 C

女傭說
Cin thien a kung cie´ te´ ceˇ me yang` ?
今天阿公覺得怎麼樣？
Hari ini perasaan kakek bagaimana?

阿公說
Woˇ thou´ thung` youˇ tienˇ fa sau.
我頭痛有點發燒。
Kepala saya sakit dan ada sedikit demam

女傭說
Woˇ bang ninˊ liangˊ thiˇ wen heˊ sieˇ ya.
我幫您量體溫和血壓。
Saya ukur suhu dan tekanan darah kamu

女傭說
Woˇ bang ninˊ an` moˊ hauˇ ma？
我幫您按摩好嗎？
Saya bantu pijat bagaimana?

女傭說
Woˇ ce` yang` an` moˊ a kung su fuˊ ma？
我這樣按摩阿公舒服嗎？
Saya pijat begitu apakah kakek merasa enak？

阿公說
Cai` ta` li` yi` tienˇ, thai` ching le！
再大力一點，太輕了！
Keras sedikit,terlalu lemah！

女傭說
Woˇ bang ninˊ an` moˊ yiˊ sia`, ninˊ huei` cieˊ te hauˇ yi`
tienˇ.
我幫您按摩一下，您會覺得好一點。
Saya pijat kamu sebentar, agar terasa enak sedikit

女傭說
A kung, woˇ pang ninˊ cienˇ souˇ ceˇ ciaˇ.
阿公，我幫您剪手指甲。
Saya bantu gunting kuku kakek

課程名稱　　　在 家 裡　Dirumah

情境：拿東西買東西的對話

會 話 A ···

雇主說
Pang woˇ naˊ yen huei kang laiˊ.
幫我拿煙灰缸來。
Tolong ambilkan asbak

雇主說
khanˋ cienˋ woˇ te taˇ huoˇ ci ma ?
看見我的打火機嗎？
Apakah kamu melihat korek api saya?

雇主說
Si tiˋ , niˇ youˇ meiˇ youˇ khanˋ cienˋ a maˋ te chienˊ pau ?
西蒂, 妳有沒有看見阿嬤的錢包？
Siti , anda ada kelihatan dompet nenek tidak ?

女傭說
Cai` cuo ce sang`.
在桌子上
diatas meja

會 話 B

女傭說
Thai` thai`, ma´ fan´ nin´ pang woˇ maiˇ tienˇ tung si , kheˇ yiˇ ma ?
太太，麻煩您幫我買點東西，可以嗎？
Nyonya, boleh bantu saya beli barang-barang?

雇主說
Niˇ yau` maiˇ sie se´ me ?
妳要買些什麼？
Kamu mau beli apa?

女傭說
Ma´ fan´ nin´ pang woˇ maiˇ wei` seng mien´.
麻煩您幫我買衛生棉。
Tolong belikan saya pembalut

雇主說
Hai´ yau` mai˘ se´ me ?
還要買什麼？
Mau beli apa lagi?

女傭說
Wo˘ te fei´ cau`, ya´ kau tou khuai` yung` wan´ le,
我的肥皂，牙膏都快用完了，
sabun dan odol saya sudah hampir habis

女傭說
Si˘ fa˘ cing ye˘ khuai` wan´ le .
洗髮精也快完了。
Shampoo juga hampir habis

雇主說
Wo˘ huei` pang ni´ mai˘ huei´ lai´.
我會幫妳買回來。
Saya bantu kamu belikan

課程名稱	寄　信　Kirim Surat

情境：外傭想要寄信回家的會話

會話 A

女傭說
Thai` thai`, ching˘ wen` nin´ you˘ ce˘ ma ?
太太，請問您有紙嗎？
Nyonya,apakah ada kertas?

雇主說
Ni˘ yau` ce˘ lai´ cuo` se´ me ?
妳要紙來作什麼？
Kamu mau kertas buat apa?

女傭說
Wo˘ siang˘ sie˘ feng sin` huei´ cia .
我想寫封信回家。
Saya mau tulis surat kerumah

149

雇主說
Hai´ cie se´ me ma?
還缺什麼嗎?
Masih kurang apa lagi?

女傭說
Sin` feng, you´ phiau`, pi˘, wo˘ tou mei´ you˘.
信封,郵票,筆,我都沒有。
Saya tidak punya Amplop,perangko,pen

雇主說
Teng˘ yi´ huei˘ el´, wo˘ huei` kei˘ ni˘
等一會兒,我會給妳。
Tunggu sebentar,saya berikan padamu

 會 話 B

女傭說
Thai` thai`, wo˘ siang˘ ci` sin` huei´ cia.
太太,我想寄信回家。
Nyonya,saya mau kirim surat kerumah.

150

女傭說
Tan` woˇ pu´ huei` sieˇ ce` liˇ te ti` ceˇ, nin´ pang woˇ sieˇ hauˇ ma ?
但我不會寫這裡的地址，您幫我寫好嗎？
Tetapi saya tidak tahu alamat disini,boleh tolong tuliskan?

雇主說
kheˇ yiˇ , ce` se` cung wen´ ti` ceˇ, ce` se` ying wen´ ti` ceˇ.
可以，這是中文地址，這是英文地址。
Boleh,ini alamat dengan bahasa mandarin,dan ini dengan bahasa inggris.

雇主說
Sieˇ cung wen´ huo` ying wen´ tou kheˇ yiˇ sou tou` te.
寫中文或英文都可以收到的。
Tulis bahasa mandarin atau inggris boleh saja tetap bisa diterima.

課程名稱	電　話　Telepon

情境：外傭接聽及打電話的會話

 會 話 A ·····························

女傭說
Weiˇ, chingˇ wen`, ninˊ cauˇ sueiˊ？
喂，請問，您找誰？
Hallo,mau cari siapa?

客人說
Weiˇ, chingˇ wen`, Chenˊ sien seng cai` cia ma？
喂，請問，陳先生在家嗎？
Hallo,apakah tuan Chen ada dirumah?

女傭說
Chingˇ wen`, ninˊ kuei` sing` ta` mingˊ？
請問，您貴姓大名？
Permisi tanya,dengan siapa ini yang bicara?

152

客人說
Woˇ sing` Liˇ.
我姓李。
Marga saya Lie

女傭說
Chingˇ tengˇ yiˊ sia`.
請等一下。
Tunggu sebentar.

女傭說
Sien seng, ninˊ te tien` hua`, youˇ wei` liˇ sien seng taˇ laiˊ te.
先生，您的電話，有位李先生打來的。
Tuan,ada telepon dari Tuan Lie

女傭說
Thai` thai` , kang chaiˊ youˇ renˊ taˇ tien` hua` keiˇ niˇ ,
se` liˇ siauˇ cieˇ .
太太，剛才有人打電話給妳，是李小姐。
Nyonya , tadi ada orang telepon cari anda , yaitu nona li .

女傭說
Tha te tien` hua` hau` maˇ se` 66668888 .
她的電話號碼是66668888。
Nomor telepon dia adalah 66668888 .

會話 B

女傭說
Weiˇ, ninˊ hauˇ, chingˇ wen` ninˊ cauˇ naˇ yiˊ wei` ?
喂,您好,請問您找哪一位?
Hallo,ini mau cari siapa?

客人說
Chingˇ wen` Chenˊ sien seng cai` puˊ cai` cia ?
請問陳先生在不在家?
Tuan Chen ada dirumah atau tidak?

女傭說
Tuei` puˊ chiˇ, Chenˊ sien seng sien` cai` puˊ cai` cia.
對不起,陳先生現在不在家。
Maaf,Tuan Chen tidak ada dirumah

客人說
Na` me, Chenˊ thai` thai` cai` cia ma ?
那麼,陳太太在家嗎?
Apakah nyonya ada dirumah?

女傭說
Chen´ thai` thai` ye˘ hai´ mei´ huei´ lai´, ching˘ wen` nin ´ kuei` sing` ta` ming´?
陳太太也還沒回來，請問您貴姓大名？
Nyonya juga belum pulang,ini dari mana?

客人說
Wo˘ sing` Chai`.
我姓蔡。
Saya marga Chai

女傭說
Chai` sien seng , nin´ hau˘ , ching˘ liu´ nin´ te tien` hua` hau˘ ma ?
蔡先生，您好，請留您的電話好嗎？
Tuan Tsai,apakah boleh tinggalkan nomer telepon?

女傭說
Hau˘ te, wo˘ huei` kau` su` Chen´ sien seng.
好的，我會告訴陳先生。
Baik,saya akan beritahukan tuan Chen

客人說
Sie` sie` ni˘ , ni˘ se` suei´ a ?
謝謝妳，妳是誰啊？
Terimakasih, ini dengan siapa?

女傭說
Woˇ caiˋ Chen´ sien seng cia tang niˇ yung.
我在陳先生家當女傭。
Saya pembantu tuan Chen

 會 話 C ···

女傭說
Thaiˋ thaiˋ, cieˋ nin´ te tienˋ huaˋ yungˋ, kheˇ yiˇ ma ?
太太，借您的電話用，可以嗎？
Nyonya,bolehkah saya pinjem telepon?

雇主說
Niˇ yauˋ taˇ tauˋ naˇ liˇ ?
妳要打到哪裡？
Kamu mau telepon kemana?

女傭說
Woˇ siangˇ taˇ keˋ tienˋ huaˋ huei´ yinˋ ni´.
我想打個電話回印尼。
Saya mau telepon pulang ke Indonesia

雇主說
Pu` khe˘ yi˘.
不可以。
Tidak boleh.

 會 話 D

雇主說
Thai` thai`, wo˘ khe˘ yi˘ pa˘ ni˘ cia te tien` hua` kei˘
pheng´ you˘ ma？
太太，我可以把妳家的電話給朋友嗎？
Nyonya,bolehkah saya beritahukan teman nomer
telepon dirumah?

雇主說
Pu` khe˘ yi˘, wo˘ cia te tien` hua` pu` neng´ suei´ pien`
kei˘ tha ren´.
不可以，我家的電話不能隨便給他人。
Tidak boleh,nomer telepon dirumah tidak boleh
sembarangan diberitahukan kepada orang lain

| 課程名稱 | 假　日　Hari Libur |

情境：外傭假日的會話內容

雇主說
Ming´ thien se` cia` re`, woˇ men cai` cia, niˇ siangˇ chu
chi` wan´ ma？
明天是假日，我們在家，妳想出去玩嗎？
Besok hari libur,kami sekeluarga ada dirumah,apakah
kamu mau pergi keluar?

女傭說
Woˇ siangˇ chu chi` maiˇ tienˇ tung si.
我想出去買點東西。
Saya mau membeli sedikit barang-barang

雇主說
Niˇ youˇ chien´ yung` ma？
妳有錢用嗎？
Apakah kamu ada uang?

158

女傭說
Mei´ youˇ.
沒有。
Tidak ada

雇主說
Ce` se` niˇ te kung ce.
這是妳的工資。
Ini uang gaji kamu

雇主說
Chu men´ chien´ yau` ci` te´ fu` cin` te lu` .
出門前要記得附近的路。
Sebelum pergi harus ingat jalan disekitar .

雇主說
Cauˇ chi` cauˇ huei´.
早去早回。
Cepat pergi cepat pulang

女傭說
Woˇ tau` sia` uˇ uˇ tienˇ chai´ huei´ lai´, kheˇ yiˇ ma ?
我到下午五點才回來，可以嗎？
Bolehkah saya sampai jam 5 sore nanti baru pulang?

雇主說
Ceˇ me chiˋ naˇ me ciuˇ?
怎麼去那麼久？
Kenapa pergi begitu lama?

女傭說
Youˇ pheng' youˇ yiˋ chiˇ chiˋ. kheˇ neng' huei' wan' ciu
ˇ yiˋ tienˇ.
有朋友一起去，可能會玩久一點。
Pergi bersama teman,mungkin bisa main lama sedikit

雇主說
kheˇ yiˇ, tungˇ te huei' lai' ma?
可以，懂得回來嗎？
Boleh,apakah bisa pulangnya?

雇主說
Niˇ yauˋ cuoˋ kung che hai' seˋ ciˋ cheng' che?
妳要坐公車還是計程車？
Kamu mau naik bus atau taxi?

女傭說
Cuoˋ kung che.
坐公車。
Naik bus

雇主說
Cuoˋ yiˊ luˋ te kung che hueiˊ laiˊ.
坐一路的公車回來。
Naik bus nomer 1

雇主說
Ruˊ kuoˇ puˊ hueiˋ hueiˊ laiˊ, taˇ kung kungˋ tienˋ huaˋ hueiˊ cia,
如果不會回來，打公共電話回家，
kalau tidak bisa pulang,telepon kerumah,

雇主說
Woˇ hueiˋ chiˋ cie niˇ.
我會去接妳。
Saya nanti menjemput kamu

| 課程名稱 | 午　休　**Istirahat Siang** |

情境：雇主交代外傭午休注意事項

女傭說
Thai` thai`, woˇ kheˇ yiˇ youˇ uˇ siu ma ?
太太，我可以有午休嗎？
Nyonya,boleh saya ada istirahat siang?

雇主說
Youˇ, cung uˇ yi` tienˇ tau` liangˇ tienˇ, niˇ kheˇ yiˇ uˇ siu.
有，中午一點到兩點，妳可以午休。
Ada,siang jam 1 sampai jam 2, kamu beristirahat

雇主說
Uˇ siu se´, niˇ kheˇ yiˇ suei`, yeˇ kheˇ yiˇ khan` tien`
se`, thing sou yin ci, thing ke.
午休時，妳可以睡，也可以看電視，聽收音機，聽歌。
Waktu istirahat,kamu boleh lihat TV,dengar
radio,dengar lagu

雇主說
Tan` se` seng yin pie´ khai thai` ta`.
但是聲音別開太大。
Tetapi suaranya jangan terlalu keras

雇主說
Tien` se` pu´ khan` le, yau` ci` te´ kuan.
電視不看了，要記得關。
TV tidak dilihat,ingat harus dimatikan

| 課程名稱 | 天　氣　Cuaca |

情境：雇主與外傭閒聊天氣

 會 話 A ·····································

雇主說
Cin thien thien chi` ce˘ me yang` ?
今天天氣怎麼樣？
Cuaca hari ini bagaimana?

女傭說
Cin thien thien chi` cen leng˘.
今天天氣真冷。
Cuaca hari ini dingin

女傭說
Cin thien pi˘ cuo´ thien leng˘.
今天比昨天冷。
Hari ini lebih dingin dibandingkan kemaren

164

雇主說
Cai` ce` el´ te thien chi`, ni˘ si´ kuan` le ma？
在這兒的天氣，妳習慣了嗎？
Apakah kamu terbiasa dengan cuaca disini?

女傭說
Hai´ pu´ thai` si´ kuan`.
還不太習慣。
Masih belum terbiasa

雇主說
Yin` ni´ te sia` thien re` ma？
印尼的夏天熱嗎？
Musim panas di Indonesia panaskah?

女傭說
You˘ tien˘ re`, ta` kai` san se´ se` tu`.
有點熱，大概三十四度。
Panas,kira-kira 34 derajat

 會 話 B

雇主說
Cin thien thien chi` ce˘ me yang` ?
今天天氣怎麼樣？
Cuaca hari ini bagaimana?

女傭說
Cin thien se` ching´ thien.
今天是晴天。
Hari ini cerah

女傭說
Cai` ce` li˘ te thien chi` pi˘ yin` ni´ leng˘.
在這裡的天氣比印尼冷。
Cuaca disini lebih dingin daripada Indonesia

雇主說
Sien` cai` se` se´ me ci` cie´ ?
現在是什麼季節？
Sekarang ini musim apa?

女傭說
Sien` cai` se` tung thien.
現在是冬天。
Sekarang musim dingin

課程名稱 工作守則 Cara Bekerja

情境：女傭應該注意的一些工作規定

雇主說

Pu` khe˘ yi˘ suei´ pien` na´ pie´ ren´ te tung si .

不可以隨便拿別人的東西。

Tidak boleh sembarangan ambil barang orang lain .

女傭說

Tang yi´ ke` ni˘ yung , kung cuo` yau` cu˘ tung` , ren˘ nai` , chin ´ lau´ , lau˘ se´ , thing ku` cu˘ te hua` , ye˘ yau` you˘ li˘ mau` .

當一個女傭，工作要主動，忍耐，勤勞，老實，聽雇主的話，也要有禮貌。

Sebagai seorang PRT , kerja harus inisiatif , sabar , rajin , jujur , menurut apa kata majikan , juga harus sopan .

167

雇主說
Niˇ yung puˋ kheˇ yiˇ sueiˊ pienˋ chu chiˋ , yeˇ puˋ kheˇ
yiˇ sueiˊ pienˋ taiˋ phengˊ youˇ tauˋ kuˋ cuˇ cia .
女傭不可以隨便出去，也不可以隨便帶朋友到雇主家。
PRT tidak boleh sembarangan pergi , juga tidak boleh
sembarangan bawa teman ke rumah majikan .

雇主說
Ruˊ kuoˇ siangˇ cia , niˇ kheˇ yiˇ sieˇ sinˋ hueiˊ cia , puˋ
kheˇ yiˇ sueiˊ pienˋ yungˋ kuˋ cuˇ te tienˋ huaˋ .
如果想家，妳可以寫信回家，不可以隨便用雇主的電話。
Kalau kangen rumah , kamu boleh tulis surat ke rumah
, tidak boleh sembarangan menggunakan telepon majikan .

雇主說
Ciˋ teˊ , puˋ kheˇ yiˇ luanˋ tiu leˋ seˋ .
記得，不可以亂丟垃圾。
Ingat , tidak boleh sembarangan buang sampah .

雇主說
Yangˇ chengˊ hauˇ siˊ kuanˋ , cuoˋ seˊ me kung cuoˋ ,
yiˊ tingˋ yauˋ sien siˇ souˇ .
養成好習慣，做什麼工作，一定要先洗手。
Memelihara kebiasaan yang baik , melakukan pekerjaan
apa pun harus cuci tangan terlebih dahulu .

168

雇主說
Khe´ sou` yau` yung` sou˘ ce , pu` khe˘ yi˘ tuei` ren´ khe´ .
咳嗽要用手遮，不可以對人咳。
Batuk harus ditutup dengan tangan , tidak boleh
terhadap orang batuk .

雇主說
Yau` chang´ tai` ce wei´ siau` , phing´ chang´ tuo sie´ suo hua´ yi˘ .
要常帶著微笑，平常多學說華語。
Harus sering tersenyum , sering-sering belajar berbahasa mandarin .

雇主說
You˘ pu` tung˘ te , yau` cu˘ tung` wen` ching chu˘ .
有不懂的，要主動問清楚。
Ada yang tidak dimengerti , harus inisiatif tanya dengan jelas .

雇主說
Mai˘ tung si ci` te´ cau˘ chien´ , na´ fa phiau` huei´ lai´ .
買東西記得找錢，拿發票回來。
Beli barang ingat uang kembalian dan bonnya bawa pulang .

雇主說
You˘ se´ me wen` thi´ yau` ma˘ sang` thung ce ku` cu˘ .
有什麼問題要馬上通知雇主。
Ada masalah apa harus segera beritahu majikan .

雇主說
Pu` khe˘ yi˘ suei´ pien` na´ ku` cu˘ te tung si .
不可以隨便拿雇主的東西。
Tidak boleh sembarangan ambil barang majikan .

雇主說
Ku` cu˘ te tien` hua` hau` ma˘ , pu` khe˘ yi˘ suei´ pien`
kau` su` pie´ ren´ .
雇主的電話號碼，不可以隨便告訴別人。
Nomor telepon majikan tidak boleh sembarangan
beritahu ke orang lain .

雇主說
Cin` ru` ku` cu˘ te fang´ cien yau` chiau men´ .
進入雇主的房間要敲門。
Masuk kamar majikan harus ketuk pintu .

雇主說
Ku` cu˘ ciau tai` te se` pu` khe˘ yi˘ wang` ci` .
雇主交代的事不可以忘記。
Pesan majikan tidak boleh dilupakan .

| 課程名稱 | 日常應用 Kata Kata Sehari Kari |

情境：日常的應用會話

雇主說
Niˇ cin nien´ tuo ta` le？
你今年多大了？
Tahun ini kamu umur berapa？

女傭說
Woˇ cin nien´ san se´ suei`.
我今年三十歲。
Tahun ini saya umur 30 tahun

雇主說
Niˇ te hai´ ci cin nien´ ciˇ suei` le？
你的孩子今年幾歲了？
Anak kamu umur berapa tahun ini？

女傭說
Lauˇ ta` uˇ suei` le .
老大五歲了
Sulung umur 5 tahun .

女傭說
Lauˇ el` san suei` le
老二三歲了
Anak ke-2 umur 3 tahun .

雇主說
Niˇ fu` muˇ sen thiˇ hauˇ ma ?
妳父母身體好嗎？
Bagaimana kesehatan orang tua kamu ?

女傭說
Sie` sie` niˇ, woˇ fu` muˇ henˇ hauˇ !
謝謝你，我父母很好！
Terima kasih , Orang tua saya sehat !

雇主說
Niˇ fu` muˇ tuo ta` nien´ ci` le ?
妳父母多大年紀了？
Orang tua kamu umur berapa ?

女傭說
Woˇ fuˋ chin uˇ seˊ ciuˇ sueiˋ , woˇ muˇ chin uˇ seˊ seˋ sueiˋ .
我父親五十九歲，我母親五十四歲。
Ayah saya umur limapuluh sembilan tahun , ibu saya limapuluh empat tahun .

雇主說
Niˇ ke ke tuo taˋ ?
妳哥哥多大？
Kakak kamu umur berapa ?

女傭說
San seˊ san .
三十三．
Tigapuluh tiga .

雇主說
Ceˋ keˋ yeˋ seˋ ciˇ yeˋ ?
這個月是幾月？
Bulan ini bulan berapa ?

女傭說
Ceˋ keˋ yeˋ seˋ seˋ yeˋ.
這個月是四月。
Bulan ini adalah bulan april.

雇主說
Cin thien se` ci˘ hau` ?
今天是幾號？
Hari ini tanggal berapa ?

女傭說
Cin thien se` pa hau`.
今天是八號。
Hari ini tanggal delapan.

雇主說
Cuo´ thien se` sing chi´ ci˘ ?
昨天是星期幾？
Kemaren hari apa ?

女傭說
Cuo´ thien se` sing chi´ san .
昨天是星期三。
Kemaren hari rabu .

雇主說
Sien` cai` se` ci˘ tien˘ le ?
現在是幾點了？
Sekarang jam berapa ?

174

雇主問

Sien` cai` se` pa tienˇ san se´ fen , cai` kuo` liangˇ ke`
siauˇ se´ se` ciˇ tienˇ ?

現在是八點三十分，再過兩個小時是幾點？

Sekarang adalah jam 08.30 , lewat 2 jam lagi jam
berapa ?

Part II 單字篇

課程名稱 房子・車子 rumah , mobil

khe` thing 客廳 ruang tamu	yang´ thai´ 陽台 teras
fan` thing 飯廳 ruang makan	chou yen 抽煙 merokok
fang´ cien 房間 kamar tidur	siang yen 香煙 rokok
yi` she` 浴室 kamar mandi	ta˘ huo˘ ci 打火機 korek api
chu´ fang´ 廚房 dapur	yen huei kang 煙灰缸 asbak

178

yung` pu` cha kan
用布擦乾
lap sampai kering

pu`
布
kain

thuo sie´
拖鞋
sandal

sie´ kuei`
鞋櫃
lemari sepatu

phi´ sie´
皮鞋
sepatu kulit

tung si wan´ le´
東西完了。
barang sudah habis

sie´ you´
鞋油
semir sepatu

cha che
擦車
lap mobil

sie´ sua
鞋刷
sikat sepatu

che
車
mobil

yau` se´
鑰匙
kunci

kuan che men´
關車門
tutup pintu mobil

che yau` se´
車鑰匙
kunci mobil

si˘ che
洗車
cuci mobil

che men´
車門
pintu mobil

si˘ che ci`
洗車劑
pembersih mobil

khai che men´
開車門
buka pintu mobil

si˘ kan cing`
洗乾淨
cuci bersih

課程名稱　客　廳　Ruang Tamu

men´
門
pintu

lou´ sang`
樓上
tingkat atas

men´ khou˘
門口
depan pintu

lou´ sia`
樓下
tingkat bawah

mu` men´
木門
pintu kayu

yi` lou´
一樓
lantai satu

thie˘ men´
鐵門
pintu besi

el` lou´
二樓
lantai dua

men´ ling´
門鈴
bell pintu

san lou´
三樓
lantai tiga

印尼會話123
▶▶▶ 沙都‧都哇

se` lou´
四樓
lantai empat

tien` teng
電燈
lampu

u˘ lou´
五樓
lantai lima

tien` teng phau`
電燈泡
bohlam

ti` pan˘
地板
lantai

tiau` teng
弔燈
lampu gantung

ti´ than˘
地毯
karpet

thai´ teng
檯燈
lampu meja

thien hua pan˘
天花板
langit-langit

chuang hu`
窗戶
jendela

chuang lien´
窗簾
gorden

cuo ce
桌子
meja

chiang´ pi`
牆壁
tembok

hua phing´
花瓶
pot bunga

re` li`
日曆
kalender

ci mau´ tan˘ ce
雞毛撢子
kemoceng

cau` phien`
照片
photo

tien` fung san`
電風扇
kipas angin

sa fa
沙發
sofa

tien` se`
電視
TV

183

yau´ khong` chi`
遙控器
alat kontrol

tien` hua`
電話
telepon

sou in ci
收音機
radio

pau` ce˘
報紙
koran

leng˘ chi` ci
冷氣機
AC

ca´ ce`
雜誌
majalah

tien` nau˘
電腦
komputer

kuei` ce
櫃子
lemari

cha thou´
插頭
colokan

su kuei`
書櫃
lemari buku

khau` tien`
靠墊
bantal

cung piauˇ
鐘錶
jam

yiˇ ce
椅子
kursi

hua
花
bunga

cuo pu`
桌布
taplak meja

chan ci` kuei`
餐具櫃
lemari peralatan makan

re` kuang teng
日光燈
lampu

yi fu´ cia`
衣服架
gantungan baju

hua` khuang
畫框
lukisan

kua` mau` cia`
掛帽架
gantungan topi

ping siang
冰箱
kulkas

kang piˇ
鋼筆
pen tinta

su
書
buku

piˇ heˊ
筆盒
tempat pensil

su fangˊ
書房
kamar buku

siang` phiˊ cha
橡皮擦
penghapus

piˇ
筆
pen

chiˇ
尺
penggaris

chien piˇ
鉛筆
pensil

cienˇ tau
剪刀
gunting

hua` che`
畫冊
lukisan

ce˘
紙
kertas

lien´ huan´ hua`
連環畫
buku komik

pu` ce
簿子
buku

man` hua` su
漫畫書
buku komik

ci` lu` pen˘
記錄本
buku diary

kha˘ thung phien`
卡通片
film kartun

sin` ce˘
信紙
kertas surat

tien` ce˘ you´ si`
電子遊戲
game tv

ciau suei˘
膠水
lem

ce` tien˘
字典
kamus

sin` fung
信封
amplop

課程名稱　**飯　廳　Ruang Makan**

mi˘
米
beras

chau˘ fan`
炒飯
nasi goreng

suei˘
水
air

kan
乾
kering

tien` kuo
電鍋
panci listrik

lan`
爛
busuk

si fan`
稀飯
bubur

thai` kan
太乾
terlalu kering

pai´ fan`
白飯
nasi putih

thai` lan`
太爛
terlalu jelek

189

fan` thai` kan
飯太乾
nasinya terlalu kering

yi˘ ce
椅子
kursi

fan` thai` lan`
飯太爛
nasinya terlalu lembek

cuo pu`
桌布
taplak

kang hau˘
剛好
pas

課程名稱

房　間 **Kamar Tidur**

khai˘ se˘
開始
mulai

cha kan
擦乾
lap kering

ching cie´
清潔
bersih

ce` yang`
這樣
begini

yi` se`
浴室
kamar mandi

hua´ tau˘
滑倒
terpeleset

kan cing`
乾淨
bersih

sau˘ ti`
掃地
menyapu

ti` pan˘
地板
lantai

mo´ pu`
抹布
kain lap

cha ti` pan˘
擦地板
pel lantai

se pu`
濕布
lap basah

suei˘ thung˘
水桶
ember

ning´ kan
擰乾
sampai kering

cuang suei˘
裝水
masukan air

sou˘
手
tangan

huan` suei˘
換水
ganti air

chi˘ chang
起床
bangun

si chen´ chi`
吸塵器
mesin penyedot debu

chuang´
床
ranjang

chuang′ tan
床單
sprei

pei` tan
被單
selimut

chuang′ tien`
床墊
tilan

mien′ pei`
棉被
selimut tebal

cen˘ thou′
枕頭
bantal

yi kuei`
衣櫃
lemari pakaian

pau` cen˘
抱枕
guling

chou thi`
抽屜
laci

cen˘ thou′ thau`
枕頭套
sarung bantal

yi cia`
衣架
gantungan baju

193

nau` cung
鬧鐘
jam weker

yi` cin
浴巾
handuk

su cuang thai´
梳妝台
meja rias

fei´ cau`
肥皂
sabun

leng´ suei˘
冷水
air dingin

si˘ fa˘ cing
洗髮精
shampoo

re` suei˘
熱水
air panas

chuei fung ci
吹風機
hair driyer

nei` yi khu`
內衣褲
baju dalam

chuei kan
吹乾
keringkan

thou´ fa˘
頭髮
rambut

lien˘ phen´
臉盆
wastafel

chuan yi fu´
穿衣服
pakai baju

sua ce
刷子
sikat

suei˘ fen`
水分
bagian air

fen khai si˘
分開洗
cuci terpisah

se˘ yung`
使用
penggunaan

niu˘ kan
扭乾
peras kering

rou´ ruan˘ cing
柔軟精
pelembut

thuei` se`, thun` se`
退色，褪色
luntur

yi ling˘
衣領
kerah baju

ce´ yi fu´
摺衣服
lipat baju

siu` khou˘
袖口
lengan

pu` kan cing`
不乾淨
tidak bersih

pai´ yi fu´
白衣服
baju putih

cin` el` se´ fen
浸二十分
rendam 20 menit

liang` yi fu´
晾衣服
jemur baju

thang` khu` ce
燙褲子
gosok celana

sou yi fu´
收衣服
simpan baju

thang` chun´ ce
燙裙子
gosok rok

thang` ling˘ tai`
燙領帶
gosok dasi

niu˘ khou`
鈕扣
kancing

thang` yi suei˘
燙衣水
gosok baju

cen sien`
針線
benang jarum

thang` tou˘
燙斗
gosokan

cuang se` yung` phin˘
裝飾用品
perhiasan

sin yi fu´
新衣服
baju baru

ling˘ tai`
領帶
dasi

ciu` yi fu´
舊衣服
baju lama

cie` ce˘
戒指
cin-cin

sou˘ cuo´
手鐲
gelang

yi siang
衣箱
koper

yau tai`
腰帶
ban pinggang

mau` ce
帽子
topi

chien´ pau
錢包
dompet

pei` pau
背包
tas

siang` lien`
項鍊
kalung

sou˘ thi´ tai`
手提袋
tas jinjing

yen˘ cing`
眼鏡
kacamata

課程名稱　## 浴室・洗手間　**Kamar Mandi**

re` cuei˘ chi`
熱水器
alat pemanas air

suei˘ long´ thou´
水龍頭
kran air

yi` kang
浴缸
bak mandi

thou pa˘
拖把
alat ngepel

lin´ yi`
淋浴
shower

sua ce
刷子
sikat

suei˘ sau´
水杓
gayung

chuei fung ci
吹風機
pengering rambut

suei˘ thong˘
水桶
ember

shi˘ mien` ru˘
洗面乳
pembersih muka

shiˇ faˇ cing
洗髮精
shampo

ya´ sua
牙刷
sikat gigi

shiˇ yi fenˇ
洗衣粉
sabun bubuk

ya´ kau
牙膏
odol

shiˇ lienˇ phen´
洗臉盆
washtafel

fei´ cau`
肥皂
sabun mandi

kua hu´ tau
刮鬍刀
alat cukur

che` souˇ
廁所
toilet

cing` ce
鏡子
cermin

maˇ thongˇ
馬桶
kloset

wei` seng ce˘
衛生紙
tissue

cau` he´
皂盒
tempat sabun

sua ya´
刷牙
sikat gigi

mau´ cin
毛巾
handuk

si˘ lien˘
洗臉
cuci muka

lien˘ phen´
臉盆
wastafel

si˘ cau˘
洗澡
mandi

siang cau`
香皂
sabun wangi

su thou´
梳頭
sisir rambut

| 課程名稱 | 廚　房　Dapur |

---

liu´ li˘ thai´
流理台
meja dapur

phing´ ti˘ kuo
平底鍋
wajan yang rata

wa˘ se thung˘
瓦斯筒
tabung gas

tien` kuo
電鍋
rice cooker

wa˘ se lu´
瓦斯爐
kompor gas

fan` sau´
飯杓
centong

wei´ po´ lu´
微波爐
microwave

kue ce
鍋子
panci

kau˘ mien` pau ci
烤麵包機
toaster / alat panggang

wan˘
碗
mangkok

phan´ ce
盤子
piring

pei ce
杯子
cangkir

tie´ ce
碟子
piring kecil

cha´ pei
茶杯
cangkir teh

khuai` ce
筷子
sumpit

po li´ pei
玻璃杯
gelas

cha ce
叉子
garpu

si kuanˇ
吸管
sedotan

thang che´
湯匙
sendok

cha´ hu´
茶壺
teko

re` suei˘ hu´
熱水壺
termos

siau˘ tau
小刀
pisau kecil

mo˘ pu`
抹布
kain lap

chai` tau
菜刀
pisau dapur

chai` kua pu`
菜瓜布
sabut cuci piring

suei˘ kuo˘ tau
水果刀
pisau buah

pien` tang he´
便當盒
rantang

ping siang
冰箱
kulkas

cen pan˘
砧板
talenan

sau` pa˘
掃把
sapu

si˘ wan˘ ci
洗碗機
mesin cuci mangkok

kuo˘ ce ci
果汁機
blender

hung wan˘ ci
烘碗機
mesin pengering mangkok

pau˘ wen kuo
保溫鍋
panci pemanas

si˘ wan˘ cing
洗碗精
sabun cuci mangkok

le` se` thung˘
垃圾筒
tong sampah

| 課程名稱 | 調 味 料　bumbu dapur |

thang´ 糖 gula	yen´ pa 鹽巴 garam
sa thang´ 砂糖 gula pasir	chu` 醋 cuka
ping thang´ 冰糖 gula batu	u chu` 烏醋 cuka hitam
fang thang´ 方糖 gula kotak	ciang` you´ 醬油 kecap
wei` cing 味精 micin	miˇ ciuˇ 米酒 arak putih

hau´ you´
蠔油
saus tiram

chong thou´
蔥頭
bawang merah

ma´ you´
麻油
minyak wijen

suan` thou´
蒜頭
bawang putih

yi´ lu`
魚露
kecap ikan

ciang
薑
jahe

ting sian
丁香
cengkeh

mien` fen˘
麵粉
tepung terigu

kan chau˘
甘草
kayu manis

thai` pai´ fen˘
太白粉
tepung sagu

fan chie´ ciang`
蕃茄醬
saus tomat

hu´ ciau
胡椒
lada

sa la ciang`
沙拉醬
saus salad

hei chu`
黑醋
cuka hitam

sa la you´
沙拉油
minyak goreng

pai´ chu`
白醋
cuka putih

chung
蔥
daun bawang

課程名稱　　　　青　菜 **sayuran**

chong
蔥
daun bawang

hong´ tou`
紅豆
kacang merah

suan`
蒜
bawang putih

hei tou`
黑豆
kacang hitam

hua seng
花生
kacang tanah

wanˇ tou`
碗豆
kacang kapri

huang´ tou`
黃豆
kacang kuning

chie´ ce
茄子
terong

li` tou`
綠豆
kacang hijau

fan chie´
番茄
tomat

chin´ chai`
芹菜
seledri

cie` chai`
芥菜
kay lan

siang chai`
香菜
seledri yang kecil

suan chai`
酸菜
sayur asin

ciuˇ chai`
韭菜
kucai

ching chai`
青菜
sawi hijau

po chai`
菠菜
bayam

tong kua
冬瓜
labu putih

pai´ chai`
白菜
sawi putih

nan´ kua
南瓜
labu kuning

khuˇ kua
苦瓜
pare

lienˊ ouˇ
蓮藕
seperti singkong

touˋ miauˊ
豆苗
sejenis sawi hijau

yiˋ miˇ
玉米
jagung

laˋ ciau
辣椒
cabe

cuˊ sunˇ
竹筍
rebung

hongˊ ciau
紅椒
cabe merah

touˋ yaˊ
豆芽
tauge

ching ciau
青椒
cabe hijau

chauˇ ku
草菇
jamur biasa

siang ku
香菇
jamur kering

hu´ lou´ po
胡蘿蔔
wortel

mo´ ku
蘑菇
jamur kancing

si yang´ cin´
西洋芹
seledri

mu` el˅
木耳
jamur kuping

hua ye´ chai`
花椰菜
kembang kol

cin cen
金針
bunga pisang

se` ci` tou`
四季豆
buncis

lou´ po
蘿蔔
lobak

khong sin chai`
空心菜
kangkung

ta` pai´ chai`
大白菜
sayur putih

ta` huang´ kua
大黃瓜
timun besar

pau sin chai`
包心菜
semacam kol

fo´ sou´ kua
佛手瓜
labu siam

yi` mi˘ sun˘
玉米筍
jagung

ma˘ ling´ su˘
馬鈴薯
kentang

huang´ tou` ya´
黃豆芽
tauge kedelai

kau li` chai`
高麗菜
kubis

siau˘ huang´ kua
小黃瓜
timun kecil

yi` su˘ su˘
玉蜀黍
jagung

tou` fu˘
豆腐
tahu

hung´ luo´ po´
紅蘿蔔
wortel

yi` tou´
芋頭
talas

yang´ chung
洋蔥
bawang bombay

chou` tou` fu˘
臭豆腐
tahu bau

tou` kan
豆干
tahu kering

se kua
絲瓜
labu

tou` fu˘
豆腐
tahu

pai´ luo´ po´
白蘿蔔
lobak putih

huang´ kua
黃瓜
timun

魚　肉 Daging Ikan

yi´
魚
ikan

siauˇ yi´ kan
小魚干
ikan teri

ca` yi´
炸魚
ikan goreng

sien´ yi´
鹹魚
ikan asin

khauˇ yi´
烤魚
ikan bakar

yi´ luanˇ
魚卵
telur ikan

sia
蝦
udang

liˇ yi´
鯉魚
ikan mas

phang´ sie`
螃蟹
kepiting

chang yi´
鯧魚
ikan bawal

pai´ chang yi´
白鯧魚
ikan bawal putih

sia ce
蝦子
udang

mo` yi´
墨魚
sotong

lung´ sia
龍蝦
udang lobster

you´ yi´
魷魚
cumi-cumi

keˇ li`
蛤蜊
kerang

216

課程名稱	**水　果　Buah-Buahan**

siang ciau
香蕉
pisang

chau˘ mei´
草莓
strawberry

fung` li´
鳳梨
nanas

phu´ thau´
葡萄
buah anggur

mu` kua
木瓜
pepaya

phing´ kuo˘
蘋果
apel

si kua
西瓜
semangka

lung´ yen˘
龍眼
lengkeng

ha mi` kua
哈蜜瓜
melon

li´ ce
梨子
pear

ing thau´
櫻桃
cherry

ci´ ce
橘子
jeruk

yang´ thau´
楊桃
belimbing

ning´ mong´
檸檬
lemon

pa le`
芭樂
jambu

chi´ yi` kuo˘
奇異果
buah kiwi

lien´ u`
蓮霧
jambu air

　　飲　料 Minuman

ping khuai`
冰塊
es

khuang` chien´ suei˘
礦泉水
air aqua

ping suei˘
冰水
air es

cha´
茶
teh

wen suei˘
溫水
air hangat

kuo˘ ce
果汁
juice

re` suei˘
熱水
air panas

tou` ciang
豆漿
susu kedelai

khai suei˘
開水
air putih

lien` ru˘
煉乳
susu kental

niuˊ naiˇ
牛奶
susu

ciuˇ
酒
arak

naiˇ chaˊ
奶茶
teh susu

phiˊ ciuˇ
啤酒
bir

naiˇ fenˇ
奶粉
susu bubuk

chiauˇ kheˋ liˋ
巧克力
coklat

kheˇ leˋ
可樂
cola

ping chiˊ linˊ
冰淇淋
es krim

liuˇ chengˊ ce
柳橙汁
air jeruk

kuoˇ tungˋ
果凍
jelly

kuoˇ ce
果汁
juice

sien naiˇ
鮮奶
susu

ning´ meng´ ce
檸檬汁
jus lemon

liˋ touˋ thang
綠豆湯
kacang ijo

chiˋ sueiˇ
汽水
air soda

liˋ cha´
綠茶
teh hijau

kheˇ khouˇ kheˇ leˋ
可口可樂
coca cola

hung´ cha´
紅茶
teh merah

kha fei
咖啡
kopi

cen cu naiˇ cha´
珍珠奶茶
teh susu mutiara

印尼會話123
▶▶▶ 沙都・都哇

he cha´
喝茶
minum teh

pei
杯
gelas

kha fei fenˇ
咖啡粉
kopi bubuk

cha´ se´
茶匙
sendok teh

cha´ ye`
茶葉
daun teh

chingˇ man` he
請慢喝
minum pelan-pelan

cha´ hu´
茶壺
teko teh

課程名稱 　　　**食　物 Makanan**

chauˇ he´ fenˇ 炒河粉 kwetiau goreng	thuˇ se 土司 rotitawar
chauˇ miˇ fenˇ 炒米粉 bihun goreng	tan` kau 蛋糕 kue tar
pauˇ ce 包子 bak pau	pingˇ kan 餅乾 biskuit
han` pauˇ 漢堡 hamburger	you´ thiau´ 油條 cakue
chiˇ se 起司 keju	mien` pau 麵包 roti

khauˇ mien` pau
烤麵包
roti panggang

naiˇ you´
奶油
mentega

san ming´ ce`
三明治
sandwish

mien` fenˇ
麵粉
tepung

chiˇ se
起司
chesse

課程名稱　　　　　　味　道 **Rasa**

thai` thang`
太燙
terlalu panas

thai` tan`
太淡
terlalu hambar

thai` leng˘
太冷
terlalu dingin

thai` thien´
太甜
terlalu manis

thai` suan
太酸
terlalu asam

thai` khu˘
太苦
terlalu pahit

thai` la`
太辣
terlalu pedas

thai` you´
太油
terlalu berminyak

thai` sien´
太鹹
terlalu asin

thai` ing`
太硬
terlalu keras

thai` ruanˇ
太軟
terlalu lembek

chien´ sou´
全熟
matang

thai` tuo
太多
terlalu banyak

uˇ fen sou´
五分熟
setengah matang

thai` sauˇ
太少
terlalu sedikit

thien´
甜
manis

ta` huoˇ
大火
api besar

pu` thien´
不甜
tidak manis

siauˇ huoˇ
小火
api kecil

pu´ thai` thien´
不太甜
tidak terlalu manis

hen˘ thien´
很甜
manis sekali

tan`
淡
tawar

hen˘ khu˘
很苦
pahit

sien´
鹹
asin

suan
酸
asam

siang
香
harum

suan suan thien´ thien´
酸酸甜甜
asam manis

chou`
臭
bau

la`
辣
pedas

sing
腥
amis

| 課程名稱 | 衣　服　Pakaian |

chen` san
襯衫
kemeja

si cuang
西裝
setelan jas

chang´ siu` san
長袖杉
baju lengan panjang

ling˘ tai`
領帶
dasi

tuan˘ siu` san
短袖杉
baju lengan pendek

pei` sin
背心
rompi

mau´ yi
毛衣
baju dingin

khu` ce
褲子
celana

wai` thau`
外套
jaket

chang´ khu`
長褲
celana panjang

tuanˇ khu`
短褲
celana pendek

chin´ ce
裙子
rok bawahan

nei` khu`
內褲
celana dalam

chang´ chin´
長裙
rok panjang

niu´ caiˇ khu`
牛仔褲
celana jins

thuaˇ chin´
短裙
rok pendek

you´ yungˇ khu`
游泳褲
celana renang

wei´ chin´
圍裙
celemek

sang` yi
上衣
baju atas

chen` chin´
襯裙
rok dalam

nei` yi
內衣
baju dalam

sou˘ pha`
手帕
sapu tangan

suei` yi
睡衣
baju tidur

wei´ cin
圍巾
syal

suei` phau´
睡袍
baju tidur

phi´ tai`
皮帶
ban pinggang

you´ yung˘ yi
游泳衣
baju renang

sou˘ thau`
手套
sarung tangan

mua´ cin
毛巾
handuk

wa` ce
襪子
kaos kaki

230

se wa`
絲襪
stocking

siang` lien`
項鍊
kalung

faˇ tai`
髮帶
pita rambut

souˇ piauˇ
手錶
jam tangan

faˇ ciaˊ
髮夾
jepit rambut

cie` ceˇ
戒指
cincin

mau` ce
帽子
topi

tsieˊ ce
鞋子
sepatu

yenˇ cing`
眼鏡
kaca mata

kau ken sieˊ
高跟鞋
sepatu jinjit

ling˘ ce
領子
kerah

phi´ cia´
皮夾
dompet

siu` ce
袖子
lengan

fu´ cuang
服裝
pakaian

tai` ce
袋子
saku

nan´ cuang
男裝
pakaian pria

niu˘ khou`
紐扣
kancing

ni˘ cuang
女裝
pakaian wanita

sie´ tai`
鞋帶
tali sepatu

yi fu´
衣服
baju

chang´ khu`
長褲
celana panjang

lien´ yi chun´
連衣裙
rok terusan

tuanˇ khu`
短褲
celana pendek

chang´ san
長衫
kemeja panjang

chun´
裙
rok

siung yi, nei` yi
胸衣，內衣
baju dalam

khu` chun´
褲裙
kulot

天　氣　Cuaca

ching´ thien 晴天 hari cerah	mei´ yiˇ ciˋ 梅雨季 musim hujan
yiˇ thien 雨天 hari hujan	yiˇ yi 雨衣 baju hujan
in thien 陰天 hari mendung	yiˇ sangˇ 雨傘 payung
taˇ lei´ 打雷 geledek	yiˇ sie´ 雨鞋 sepatu hujan
sanˇ tienˋ 閃電 petir	chun thien 春天 musin semi

sia` thien
夏天
musin panas

wen nuan˘
温暖
hangat

chiu thien
秋天
musin gugur

liang´
涼
sejuk

tung thien
冬天
musin dingin

sia` yi˘
下雨
hujan

hau˘ leng˘
好冷
sangat dingin

mau´ mau´ yi˘
毛毛雨
hujan gerimis

hau˘ re`
好熱
sangat panas

sia` ta` yi˘
下大雨
hujan deras

kua fung
刮風
angin kencang

re`
熱
panas

thai´ fung
颱風
angin topan

liang´ khuai`
涼快
sejuk

si´ kuan`
習慣
kebiasaan

tu`
度
derajat

hai´
還
masih

ta` kai`
大概
kira-kira

leng˘
冷
dingin

sia` yi˘
下雨
hujan

you˘ se´ hou`
有時候
kadang kala

ci` cie´
季節
musim

chang´ chang´
常常
sering

kau
高
tinggi

wen tu`
温度
suhu

ti
低
pendek

nuan˘ huo´
暖和
lembut

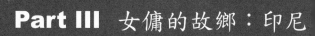

Part III 女傭的故鄉：印尼

女傭的故鄉

女傭自異國來，她們的家鄉在哪裡？該如何稱呼她們的故鄉？大部分的台灣僱主應該還不清楚吧。在台灣市面上也不易獲得印尼的地圖，更別說是中文譯名的地圖。大部分的旅遊介紹書中所提到的城市，也集中在峇里島，然而，對於女傭最大來源的爪哇島更多半是忽略過了。為此，我們特別製作出印尼國內各個地區的地名以及慣用的中文地名，讓雇主可以按址索引，可透過地圖稍微瞭解外勞家鄉所在地，也能隨口說出其故鄉名稱，讓女傭看圖指路有個地圖，順便解解些外勞的思鄉之愁。

　　來台灣工作的印尼外勞的故鄉，絕大多數都是從爪哇島，只有少部份的女傭，來自於加里曼丹區的山口洋、坤甸。而蘇拉威西與蘇門答臘地區。西爪哇島的女傭有很多來自雅加達南方約一百公里遠的蘇甲巫眉附近，中爪哇島則有直葛，中西爪哇交界的茉莉芬，波奴羅交，以上這些城市都是常見來台工作女傭的故鄉，現在，

就讓我們逐一介紹。

■印尼地理環境

　　印尼可稱之為【千島之國】！它擁有多達一萬七千個島嶼，位於太平洋赤道上，東西長達五千一百公里，南北也有一千九百公里，是地球上最大的群島國家。陸地面積也有一百九十多萬平方公里【土地面積則是台灣的五十多倍】，人口則已經超過兩億三千萬了，【是台灣的十倍】。西起蘇門答臘島，東至西伊利安島，主要大的島嶼包括：爪哇島、蘇門答臘島、加里曼丹島、蘇拉威西，以及伊利安西半部。印尼全境擁有4,500多座火山，是世界上現存火山最多的國家，頻繁的火山活動造成印尼得天獨厚的富饒土地與天災不斷的地震禍害。

■印尼的氣候

　　印尼因位於海洋赤道上，屬於典型的熱帶雨林性氣侯，全年溫熱，年平均溫度25至27度。四至十月受澳洲大陸性氣流影響，降雨量少，為氣候燥熱之乾季，十一月至隔年的三月受亞洲及太平洋氣流影響，午後多有季節性陣雨，降雨量豐沛，為溫濕之雨季。

■印尼的人口組成

　　印尼全境包含了三百多種民族的龐大國家，加上島洋交通的隔離，每一個民族都有其獨特的方言，傳統的風俗習慣，生

活技能，就連宗教，臉孔，體型也都是個個不同。所以遊覽過印尼後，那些一村一村的參訪不同族群的風土人情，才是留存在遊客心中最深刻的旅遊印象。這也是印尼成為歐美外國人旅遊勝地的重要因素，尤其峇里島更是如同一個縮小版的印尼全國，這也是峇里島過去以來一直是全世界著名的休閒旅遊景點的原因，只是到二〇〇五年為止，歷經峇里島大爆炸、南亞海嘯後，旅遊盛況已大不如前。

印尼雖然國內物產富饒，農林礦產更是取之不盡，但經濟上金融上容易受到國際商場上的打擊，一般平民百姓所得非常的低，只能靠些農產品過活。而華僑在印尼因為沒有土地等不動產的保障，都得比印尼當地人更努力更勤奮的從事商業交易來賺錢，也正因為如此，印尼的經濟大商業活動一直以來都掌握在華僑手上。居住於印尼爪哇島上的爪哇民族最多，也是全國人口最多最擁擠的，這也造成最窮的人都擠到大都市週旁的貧民窟裡去。

說到來台工作的外勞，不管是屬於印尼，越南，泰國，菲律賓，基本上這些外勞都不會是當地國最貧窮的人口，因為外勞他們必須有足夠的教育程度，還要有負擔機票與語言勞工訓練的花費，才有可能出國賺錢，所以最少他們要有些許的房子土地財產，或是家人親戚的奧援足以提供他們出國工作。

西爪哇地區

在此西爪哇地區包括了地圖上列舉的這些大城市。

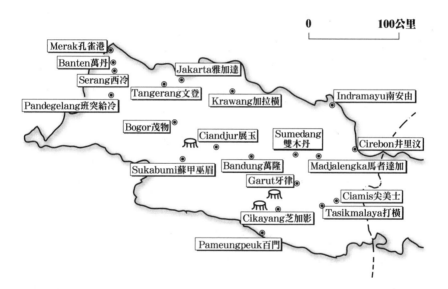

■ 西爪哇地區

爪哇島是印尼人口最多的地區，印尼全國兩億三千多萬的六成人口約一億四千萬都集中在爪哇島上，爪哇島面積大概是台灣面積的八倍，人口則為台灣的六倍，因此爪哇島的人口密度是沒輸給台灣多少的。如此之多的人口壓力也是印尼國內的

重大問題，印尼政府也嘗試過採行過國內人口移民的政策，將爪哇島上人民外移到加里曼丹，蘇拉威西等人口較稀少的地區，但是因為與原地區住民的種種商業土地利益衝突，最後還是沒有成功，一直到現在還是無法解決爪哇島上日益嚴重的人口過多的問題。

這種人口壓力也造成鄉村失業人口大量移往大都市集中的現象，以首都雅加達來說，西元二〇〇〇年時，人口才一千多萬，但到了二〇〇五年時，首都周邊人口已超過兩千多萬了。雅加達的市區交通也因為如此這種人口爆炸，天天都是塞車，交通阻塞，每天的塞車時間都長達三、四小時，分別是早上七點到十點，下午四點到七點，常常一天只能外出一個地點，塞在路上，然後只能辦完一件事，之後就下班了。好像只有在回教新年的時候，多數人回老家鄉下去，雅加達才會有道路通暢的幾天好日子。

又說到雅加達的交通，還有個新鮮趣事。什麼車子在雅加達最大呢？不是公車，不是卡車，也不是警察車，而是掛著有軍官車牌的汽車最大。在馬路上，只要有軍官車牌的汽車開在路上，其他的交通警察，路旁巡警都還得立正對著那車牌敬禮，也不管車上坐的到底是誰的，而其他的人車當然也得乖乖讓開，更還要刻意不能靠得太近，儘可能離遠一點的。否則擦到撞到那軍官的汽車，那就吃不完兜著走了。

印尼國內五個最大城市中有四個，分別為雅加達、泗水、萬隆 (Bandung) 和三寶瓏 (Semarang)，這四個城市都分布在

爪哇島，只有一個棉蘭在蘇門答臘島上。而有首都雅加達的西
爪哇地區更是印尼國的經濟政治文化的集中區。

■西爪哇的旅遊景點

　　雅加達市郊的【縮影公園】，是1970年代由蘇哈托總統
夫人所提倡才開始建設而成，總面積100公頃，就是個典型的
小人國遊樂園地。最主要是在湖畔展示印度尼西亞 26個省的
住居、各民族文化、服裝等等，小人國公園中心為一人造湖，
湖面建造有印尼國內各主要島嶼的模型，這樣就可以從園區內
的吊車上來眺望印度尼西亞全國的面貌，園區裡面則還有設有
交通博物館、郵票博物館，科學館，蘭花園及印尼博物館、飛
禽公園、科摩多動物館物館、餐廳ＩＭＡＸ劇場及游泳池等等
。在這裡可以同時一覽眾多所有印尼各個島嶼的不同風貌。

　　雅加達市區裡的【獨立紀念碑】，位於雅加達市中心區的
獨立廣場內，碑塔高137公尺，塔頂之純黃金火燄是黃金打造
的，聽說那黃金是慢慢的加到目前的35公斤，紀念碑乃象徵著
獨立理想的印度尼西亞精神。遊客可以乘坐電梯直上100公尺
處的展望台，一覽無遺的看盡雅加達市區的都中心全景，紀念
碑底座是印尼現代歷史博物館，裡面詳細介紹印尼從一百七十
萬年前的爪哇人到獨立的這段歷史，還收藏有手寫的1945年
蘇卡諾所宣讀的獨立宣言文稿，還有錄音帶播放著蘇卡諾當時
的演講聲音。

　　說到蘇卡諾，順便提一下印尼人的名字，印尼人的名字大

都是各個不同的，縱使在同一家庭裡也同樣不同。印尼傳統家庭中，父子兄弟並沒有個共同的姓氏，所以從他們的名字裡是找不出家族的關係的，只有些信奉基督教的地區，才會沿用家族個姓，另外加上各人的名的命名習慣。

　　還有些印尼人的姓名就只有一個字，尤其是在爪哇島較常見，蘇卡諾總統的名字就只有一個字【Sukarno (舊拼寫為 Soekarno)】而已，並沒有其他所謂的姓氏，所以對印尼人可別隨意說【妳名字是這個，那妳姓什麼啊？】，那可是容易會鬧笑話的。

中爪哇地區

在此中爪哇地區包括了地圖上列舉的這些大城市。

■中爪哇地區

　　中爪哇地區位於爪哇島中部，最有名的景點包括了著名的婆羅浮屠塔，及日惹市，這個位於中爪哇島的日惹市(Yogyakarta)西方42公里的佛教遺址，有著世界最高大的佛塔，名為婆羅浮屠(Borobudur)，婆羅浮屠此字的來源是取自梵文，意即是在山上寺院，是屬於大乘佛教的偉大建築。出土的

247

碑文開始於西元824年，從起建於八世紀到目前已經快一千兩百年了。此廟是世上最大的佛塔，莊嚴地聳立在丘陸上，俯視綠田及遠處的山丘。婆羅浮屠塔是以灰色安山石興建，基石就用了一百多萬個高23公分的安山石堆積而成，而且絲毫沒用任何的接合劑，基石上面共有七層建築，每一層都較小於下一層，成為個如同金字塔規模的外型，最高一層是宏偉的佛塔，地面高40米。東西南北四面的迴廊上，浮雕著共八段佛教故事石刻。依次從摩耶夫人做夢懷胎，佛陀誕生，佛陀年少求學，佛陀娶王妃後決意捨王位，佛陀斷髮離城出家，佛陀六年苦行，菩提樹下悟道，最初說法傳道。有些牆壁的浮雕長度達6公尺，可說是世上最大型及最完整的佛教浮雕，在藝術價值方面，精美程度更勝吳哥窟。每一個石雕都能代表一個獨特的宗教故事，其中包括還有善財童子求法傳，本生談，華嚴經入法界品等等的有名佛教故事。婆羅浮屠的浮雕全部共有兩千五百多面，浮雕裡面的登場人物則更多達上萬名，真是令人歎為觀止。

至於日惹則是中爪哇古代王國的都城，日惹朝代的宮廷舞蹈則充滿了俊俏瑰麗的高雅風格，此都市人口46萬人，是個非常迷人值得遊歷的印尼城市。

中爪哇較為現代的旅遊點為：三寶壟，迪恩高原，夢杜特廟，卡蘇娜南皇宮，佳蒂佳佳爾洞穴，梭羅，達汪瑪古，巴杜拉登，婆羅浮屠塔，蔓古妮卡蘭宮，班都安及給東梭果廟。

東爪哇地區

在此東爪哇地區包括了地圖上列舉的這些大城市。

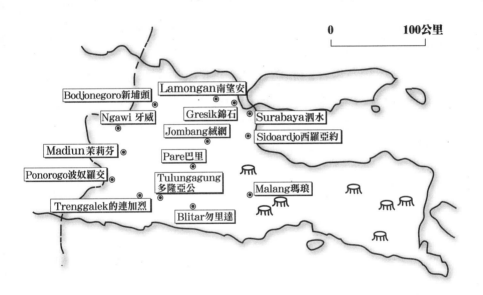

0　　　　　100公里

Bodjonegoro新埔頭
Lamongan南望安
Ngawi 牙威
Gresik錦石
Surabaya泗水
Jombang絨網
Sidoardjo西羅亞約
Madiun茉莉芬
Pare巴里
Ponorogo波奴羅交
Tulungagung多隆亞公
Malang瑪琅
Trenggalek的連加烈
Blitar勿里達

■ 東爪哇地區

　　搭飛機到東爪哇最大城市泗水【Suralabya】遊覽後，再到婆羅摩火山觀賞日出，是不能錯過的旅遊方式，雅迪薩里村便是攀登婆羅摩火山的入口，由村裡到山頂只有5公里的距離，徒步約1.5小時就能到達。在3公里處地方，是婆羅摩的外環山，而環形山的中間地帶是一片沙漠，是寸草不生的地質景觀

，如同【月世界】的荒涼景色，即使在夜裡，從這裡也可以遠望婆羅摩火山反向接連在一起的巴托克山。當抵達火山口時，可清楚見到依然在冒煙的景觀，而觀賞日出的地點，也就是在山頂端，要觀賞日出的美景，要在清早三、四點就出發，從這些巨大火山群峰頂眺望日出，看著偌大寬廣的印尼山河，這裡是無論觀光客或是印尼本國人都能領受到，於偉大印度尼西亞國度裡最深感動的絕佳據點。

東爪哇較為現代的旅遊點為：瑪朗【就是瑪琅】，卡威山，德利亞古拉希，西杜朋多白色海灘，德羅塢－蘭班達安－德得斯，泗水，宜臻火山口，婆羅摩火山，蘇卡瑪登海灘，巴露蘭國家公園／野生動物保護區。

蘇門答臘地區

在此蘇門答臘地區包括了地圖上列舉的這些大城市。

■ 蘇門答臘地區

　　蘇門答臘較為現代的旅遊點為：棉蘭，柏郝洛克，貝拉斯塔基【就是馬達山】，西披索批索瀑布，大布基特巴里杉森林公園，將卡，妮亞斯島，陵卡村落，佩瑪常西安塔爾【就是先達】，多巴湖－巴拉巴鎮，哈瑙谷，布基庭基，巴當班將，巴杜珊卡爾，錫亞諾克峽谷，梭羅克,迪雅達，斯湖及迪巴瓦湖，瑪寧嬌湖，星卡拉克湖，班待西卡特，門塔娃依群島，阿爾塔及卡塔海灘。

加里曼丹地區

在此地區包括了以下的這些大城市。

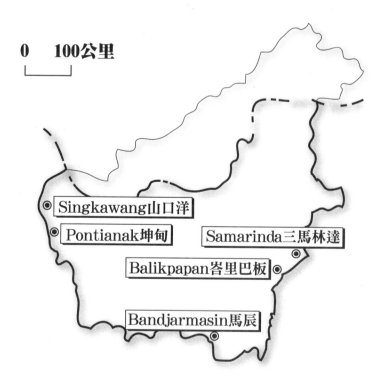

0　　100公里

Singkawang山口洋

Pontianak坤甸

Samarinda三馬林達

Balikpapan峇里巴板

Bandjarmasin馬辰

蘇拉威西地區

在此地區包括了以下的這些大城市。

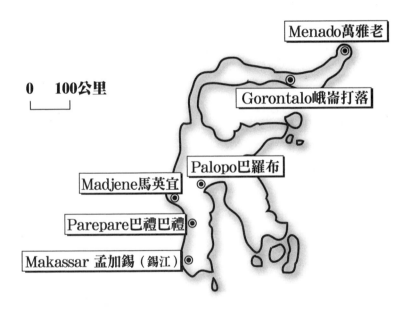

Menado萬雅老

Gorontalo峨崙打落

0　100公里

Palopo巴羅布

Madjene馬英宜

Parepare巴禮巴禮

Makassar 孟加錫（錫江）

■ 蘇拉威西地區

　　蘇拉威西較為現代的旅遊點為：美娜多【就是萬雅老】，布納肯，瓦魯佳，卡蘇汪，卡魯蒙嘉，達拉達拉，沙龍德島，摩亞特湖，拉諾巴索，達西克里亞，歐塔納哈城堡，哇都賓納貝丁安，瓦雷巴芭塔島板，杜摩佳‧柏尼國家公園，東達諾湖—琳波肯旅遊區，瑪利諾，班提穆倫，莎瑪羅娜島，塢容班當，塔納毛拉佳，孫古米納沙，蘇丹哈莎努丁之墓。

國家圖書館出版品預行編目資料

印尼會話沙都‧都哇

張隆裕◎編著
初版- -臺北市：汎亞人力，2005〔民94〕
面 ； 公分 － －（外籍勞工管理實務系列：2）
參考書面 ： 面

ISBN 986-80845-4-7(平裝)
ISBN 986-80845-5-5(附CD)

1.印尼語-會話

803.91188   94018392

印尼會話沙都‧都哇

作　　者 ／ 張隆裕◎編著

發 行 人 ／ 蔡宗志

發行地址 ／ 台北市106大安區和平東路二段295號10樓

出　　版 ／ 汎亞人力資源管理顧問有限公司

編　　輯 ／ 江裕文、李嘉欣、陳雅欣、林嘉惠、呂文珊

電　　話 ／ (02)2701-4149 （代表號）

傳　　真 ／ (02)2701-2004

總 經 銷 ／ 紅螞蟻圖書有限公司

地　　址 ／ 台北市內湖區舊宗路121巷28.32號4樓

電　　話 ／ (02)2795-3656 （代表號）

傳　　真 ／ (02)2795-4100

定　　價 ／ 書籍定價240元　一書+2CD特價350元

2013年02月初版三刷